PICKWICK

MARY HIGGINS CLARK

DOVE SONO I BAMBINI?

Traduzione di Giovanna Soncelli Gianotti

Sperling & Kupfer

Questo romanzo è un'opera di fantasia. Nomi, personaggi, luoghi e avvenimenti sono immaginari o usati in modo fittizio. Qualsiasi riferimento a fatti, a luoghi, o a persone realmenti esistenti o esistite, è puramente casuale.

La traduzione dell'Introduzione è di Linda Kleinefeld.

www.pickwicklibri.it
www.sperling.it

Dove sono i bambini?
di Mary Higgins Clark
Titolo originale dell'opera: *Where Are the Children?*

ISBN 978-88-5544-229-9

I edizione Pickwick luglio 2023

Anno 2023-2024-2025 - Edizione 1 2 3 4 5 6 7 8 9 10

In memoria di mia madre,
Nora C. Higgins,
con amore, ammirazione e gratitudine.

Introduzione

Dove sono i bambini? è stato il mio primo romanzo di suspense e il libro che mi ha davvero cambiato la vita.

Avevo già scritto in precedenza e per un certo tempo mi ero guadagnata da vivere con sceneggiature per show radiofonici. Avevo anche pubblicato dei racconti ma, per quanto fosse un'attività divertente e gratificante, non bastava per pagare le bollette, per questo decisi che era tempo di mettermi alla prova con un vero libro.

Il mio primo sforzo lo destinai a un romanzo biografico su George Washington: ci misi tre anni a scriverlo, uscì ma passò totalmente inosservato e finì direttamente sulle bancarelle dei remainder. Non mi lasciai turbare, lo considerai un trionfo. Dopo tutto, *era stato pubblicato*. Ma, trionfo o no, volevo proprio che il mio libro successivo vendesse bene.

Fu allora che mi misi a studiare gli scaffali della mia libreria, rendendomi conto che, dal momento in cui ero stata in grado di leggere, ogni volta che mi era stato possibile avevo scelto di farmi avviluppare da storie di suspense. Si trattava chiaramente del mio genere letterario preferito. Avevo iniziato con storie che avevano come protagoniste giovani investigatrici, come Judy Bolton o Nancy Drew, quindi ero passata ad Agatha Christie, Josephine Tey, Ngaio Marsh, Charlotte Armstrong, Mignon Eberhart e Daphne du Maurier, giusto per fare qualche nome. Ogni volta che leggevo le opere di queste autrici, cercavo di stare al loro passo, di individuare il colpevole, di risolvere il delitto il prima possibile. Furono delle maestre senza pari e gradualmente feci mie alcune delle tecniche che utilizzavano.

Mi servirò di una vecchia e nota favola per spiegare cosa intendo. Una versione della leggenda di Hänsel e Gretel narra che Hänsel aveva gettato delle pietruzze piatte per segnare la via di casa, mentre Gretel sbriciolava il pane. Quando poi avevano cercato di ritrovare il sentiero, avevano scoperto che, mentre le pietruzze erano rimaste al loro posto, le briciole erano invece state beccate dagli uccelli.

Allo stesso modo, chi scrive thriller o gialli lascia cadere la propria versione di sassolini o di briciole, invitando il lettore a seguirlo sul sentiero. Le briciole, presto fagocitate, si rivelano non essere gli indizi che sembravano, mentre i sassi, che si armonizzano così bene con il paesaggio, spesso risultano indicare la vera strada che porta alla soluzione del crimine. Nel corso degli anni, sono diventata piuttosto brava nel tenere separati i due tipi di indizi.

In qualità di lettrice, adoravo la suspense. Mi sembrava di comprenderne i meccanismi, così decisi di provare a vedere se riuscivo a *scrivere* libri di quel genere.

Mi tornò alla mente un consiglio che avevo sentito a un corso di scrittura: prendi spunto da una vicenda reale, che abbia suscitato il tuo interesse, quindi poniti due quesiti: *Ipotizziamo che...?* e *E se fosse...?* e poi trasformali in fiction.

All'epoca a New York era stato commesso un delitto che aveva fatto molto discutere, se ne parlava ogni giorno in televisione e sui giornali. Una bella mamma di ventisei anni – si chiamava Alice Crimmins – fu accusata di avere ucciso i suoi due figli, un bambino di cinque anni e una bimba di tre. Il caso fu costantemente seguito dalla stampa. La donna fu incriminata e condannata per entrambi gli omicidi, poi le condanne furono revocate per motivi tecnici. Infine fu rilasciata, dopo aver trascorso in prigione un tempo piuttosto breve. Una volta fuori, si risposò, eclissandosi agli occhi del pubblico.

Il caso si era trascinato per anni. L'attenzione dei media al tempo fu tale che era virtualmente impossibile non averne sentito parlare e non avere un'opinione sull'innocenza o la colpevolezza di Alice Crimmins. Ogniqualvolta veniva nominata, si scatenava immancabilmente un vivace dibattito. Così mi ero posta le due domande: Ipotizziamo che...? e E se fosse...?

Ipotizziamo che una giovane e bella mamma sia accusata e poi condannata per l'omicidio premeditato dei suoi due bambini. Ipotizziamo che venga rilasciata per un vizio di forma. Ipotizziamo che si risposi e cominci una nuova vita e poi, sette anni dopo che i suoi due bambini sono morti, i due figli avuti dal secondo matrimonio scompaiano...

Convenni che era una premessa solida, quindi cominciai a impostare il mio libro. L'ambientazione fu la prima cosa sulla quale mi misi a riflettere. All'epoca avevo da poco affittato un cottage estivo a Cape Cod, in Massachusetts, e mi ero innamorata del posto. Il Capo offre spiagge deserte su cui passeggiare e tramonti di fuoco che promettono splendide giornate. Spesso cicloni terrificanti sferzano l'oceano in modo selvaggio e inondano di pioggia la stretta, sabbiosa distesa della penisola. Insomma, è un luogo carico di atmosfera.

In buona sostanza, è un luogo perfetto per dare ricovero a una giovane donna dall'animo ferito. La gente del posto è riservata, rispetta la privacy e non si intrometterebbe mai nelle faccende di una persona solitaria.

Nell'abbozzare il libro, potevo visualizzare la giovane donna – che chiamai Nancy Harmon – mentre lasciava San Francisco su un bus che, attraversando il Paese, la portava fino a Cape Cod, una località che aveva visitato da bambina e ricordava come un posto dove regnava la pace, un posto dove ora potesse riprendersi.

Il titolo di lavorazione che avevo pensato per il libro era *Una piccola morte*, una frase che avevo letto nelle memorie di un'amante di Luigi XIV. Gli aveva dato un figlio, che era vissuto solo otto mesi. E nelle sue memorie aveva scritto: *E come il mio bimbo, anch'io son morta di una piccola morte.* Pensavo che fosse un titolo appropriato, perché nella mia storia una parte di Nancy, in sostanza, era morta con i suoi due bambini di primo letto. Da allora era riuscita a rimuovere tutti i ricordi della sua vita con loro, ma ora doveva improvvisamente richiamare alla memoria ogni dettaglio degli eventi che avevano portato alla loro scomparsa per cercare di salvare la sua seconda famiglia.

Mentre lavoravo al romanzo, avevo un impiego a tempo pieno in radio, così ci misi tre anni a finirlo. Quando fui infine soddisfatta del risultato e capii che non avrei potuto aggiungere più nulla, scrissi nel mio diario: *Ho finito il libro ed* è *BUONO!*

Ricordo ancora il completo bianco e nero che indossavo quando consegnai il manoscritto al segretario della mia agente: era un giorno davvero importante per me. Passarono sei settimane senza che lei si facesse sentire, così alla fine, un po' intimidita, la chiamai. «Pat», dissi, «non è che hai magari avuto modo di dare un'occhiata al mio libro?»

Pat Myrer era stata senior editor prima di diventare agente, e di solito stracciava i miei racconti e me li faceva riscrivere prima di mandarli in giro. Quando mi disse che questa volta non sentiva l'esigenza di rifacimenti e che aveva già sottoposto il manoscritto agli editori, capii che ero sulla buona strada, perché sapevo in fondo al cuore che il libro avrebbe venduto.

Trent'anni fa il mondo era piuttosto diverso rispetto a oggi, e le molestie ai minori un argomento decisamente tabù. Anche se non c'erano scene esplicite in materia, era ben chiaro al lettore che il rapitore dei bambini era anche un pedofilo. Il risultato fu che due degli editori che avevano ricevuto il manoscritto lo rifiutarono. Temevano che la storia di bambini esposti a una simile minaccia potesse sconvolgere il pubblico. Per mia fortuna, tuttavia, Simon & Schuster decise di correre il rischio e comprò il libro.

Su suggerimento di Phyllis Grann, ai tempi editor presso la casa editrice, fu scelto un nuovo titolo. A suo dire *Una piccola morte* rischiava di suonare un po' troppo come una crime story di quelle dure e spietate, così il titolo divenne il più descrittivo, e coinvolgente, *Dove sono i bambini?*

La pubblicazione del libro segnò il punto di svolta nella mia vita e così pure l'inizio del lungo e felice matrimonio con Simon & Schuster, che dura tuttora.

Introduzione scritta dall'autrice
in occasione del Natale 1998

Prologo

SENTIVA il freddo penetrare dalle fessure del telaio. A fatica si alzò e si trascinò alla finestra. Prese uno degli asciugamani che teneva a portata di mano e tamponò alla meglio gli spiragli nel legno mezzo marcio.

L'aria che entrava sibilò attraverso il tessuto, e quel suono gli diede un vago senso di piacere. Guardò il cielo nebbioso e rimase a fissare i cavalloni che spumeggiavano in basso. Da quel lato della casa spesso vedeva Provincetown, sulla riva opposta della baia di Cape Cod.

Detestava Cape Cod. La desolazione delle giornate di novembre come quella, la distesa d'acqua grigia, la gente imperturbabile, che parlava poco ma ti esaminava con lo sguardo. Aveva detestato quel posto anche durante l'estate, l'unica estate che vi aveva passato, tra orde di turisti che si riversavano sulle spiagge, o si arrampicavano su per il ripido argine fino a casa sua e sbirciavano dalle finestre, tenendosi le mani intorno agli occhi per riuscire a vedere meglio l'interno.

Detestava infine i due grandi cartelli che esibivano la

scritta IN VENDITA affissi da Ray Eldredge sul davanti e sul retro della casa, e detestava che Ray e la sua segretaria vi portassero gente a vederla. Per puro caso il mese precedente era rientrato appena prima di una delle loro visite, e fortunatamente era riuscito a precederli all'ultimo piano in tempo per nascondere il cannocchiale.

Ma ormai il tempo stringeva. Avrebbero venduto la casa a qualcuno che non gliel'avrebbe più affittata. Ecco perché aveva spedito l'articolo al giornale. Voleva godersi di persona lo spettacolo di lei smascherata davanti a quella gente... proprio adesso che probabilmente cominciava a credersi al sicuro.

Aveva in sospeso anche un'altra idea. Fino a quel momento non aveva avuto modo di attuarla: lei non perdeva d'occhio i bambini neanche un minuto.

Ma non poteva permettersi di aspettare oltre. L'indomani...

Vagò nervoso per la stanza. La camera da letto era grande come tutta la casa, tipica dimora di un lupo di mare d'altri tempi imbastardita dai cambiamenti successivi. Costruita nel XVII secolo su una cresta rocciosa che dominava tutta la baia, era un pretenzioso monumento al bisogno che l'uomo ha di stare eternamente in guardia.

Ma la vita era ben altra cosa. Era una somma di tante insidie sottili, come iceberg di cui affiora solo la cima. Lui lo sapeva. Si passò una mano sul viso, sentiva un gran caldo insopportabile, benché la stanza fosse gelida. Da sei anni prendeva in affitto quella casa alla fine dell'estate, e la teneva tutto l'autunno. Era rimasta come l'aveva vista la prima volta: di nuovo c'erano solo il cannocchiale nella stanza che dava sulla strada, i suoi abiti e il berretto a visiera che gli nascondeva così bene la faccia.

Il resto era sempre uguale: il vecchio divano nel soggiorno, i tavoli di abete e il tappeto, e, in camera da letto, i mobili di acero. L'appartamento aveva servito al suo scopo in tutti quegli anni, finché quell'autunno, Ray Eldredge gli aveva detto che volevano vendere la casa per trasformarla in un ristorante, e gliela avrebbe affittata solo a condizione di poterla mostrare ai clienti in qualsiasi momento, previa telefonata.

Raynor Eldredge. Il pensiero di quell'uomo gli strappò un sorriso. Che effetto gli avrebbe fatto leggere l'articolo sul giornale dell'indomani? Nancy gli aveva rivelato la propria identità? Se Ray ne era all'oscuro, tanto meglio: avrebbe proprio voluto vedere la sua faccia quando avesse aperto il giornale. Lo consegnavano poco dopo le dieci del mattino. A quell'ora Ray sarebbe stato in ufficio e, magari, non l'avrebbe nemmeno sfogliato subito.

Si staccò dalla finestra, impaziente. I pantaloni neri, ormai lucidi per l'usura, gli fasciavano le grosse gambe tozze. Gli sarebbe piaciuto dimagrire. Certo significava sottoporsi di nuovo alla tortura di patire la fame, ma poteva riuscirci. L'aveva già fatto quando era stato necessario. Si grattò nervosamente la testa calva che gli prudeva un po', e pensò con piacere anche all'idea di lasciarsi ricrescere i capelli. Un tempo li aveva folti sulle tempie e ora, con tutta probabilità, sarebbero stati quasi completamente grigi.

Con un gesto lento si passò la mano lungo una gamba, poi ricominciò a vagare irrequieto per l'appartamento, e finì per fermarsi davanti al cannocchiale del soggiorno. Era uno strumento particolarmente potente, non del genere normalmente in commercio; neppure molte centrali di polizia l'avevano ancora in dotazione. Ma si trova sempre il modo di procurarsi quello che serve. Si chinò per guardare, chiudendo contemporaneamente l'altro occhio.

La giornata era molto buia, e quindi, in cucina, c'era la luce accesa. Vedeva benissimo Nancy in piedi dietro la finestra sopra il lavandino. Forse stava preparando qualcosa da mettere in forno per la cena. Ma aveva addosso un giaccone pesante, poteva darsi che stesse per uscire. Era lì, immobile, e fissava la baia. A che cosa pensava? A chi? Ai bambini... Peter... Lisa?... Gli sarebbe piaciuto saperlo.

All'improvviso, sentì la bocca asciutta; si passò la lingua sulle labbra. Sembrava giovanissima, con i capelli raccolti che le lasciavano scoperto il viso. Capelli castani scuri. Se li avesse lasciati del suo colore naturale, biondo rosso, sicuramente qualcuno l'avrebbe riconosciuta. L'indomani avrebbe compiuto trentadue anni. Ma non dimostrava la sua età. Aveva un'aria incredibilmente giovanile, morbida, fresca e vellutata.

Deglutì. La sua bocca era sempre arida come se avesse la febbre, ma le mani e le ascelle erano bagnate da un sudore caldo. Ebbe un singulto, poi deglutì ancora, e alla fine si mise a sogghignare tra sé e sé. Quello scoppio d'ilarità lo scosse, facendo vibrare il cannocchiale. L'immagine di Nancy si confuse, ma non si curò di rimetterla a fuoco. L'aveva guardata abbastanza per quel giorno.

Domani! Già si immaginava l'espressione di lei, il giorno dopo, a quell'ora. Smascherata davanti a tutti, sconvolta dall'angoscia e dal terrore, mentre cercava di rispondere a quella domanda... la stessa domanda che la polizia, sette anni prima, le aveva gettato in viso tante volte.

«Avanti, Nancy», le avrebbero detto di nuovo quelli della polizia. «Confessa. Di' la verità. Sai bene che non riuscirai a farla franca. Dillo, Nancy... dove sono i bambini?»

1

RAY scese le scale finendo di annodarsi la cravatta. Nancy era seduta a tavola con Missy ancora addormentata in grembo, mentre Michael faceva colazione con la solita aria assorta e riflessiva.

Ray scompigliò i capelli di Michael e si chinò a baciare la piccola. Nancy lo guardava sorridendo. Era proprio maledettamente carina. Anche se qualche leggera ruga era apparsa attorno agli occhi, non si sarebbe mai detto che avesse trentadue anni. Ray, maggiore solo di qualche anno, si sentiva però infinitamente più vecchio di lei. Forse perché la vedeva così vulnerabile. Notò che i suoi capelli, alla radice, erano rossicci. Parecchie volte, nel corso di quell'ultimo anno, era stato sul punto di chiederle di lasciarli crescere del loro colore naturale, ma non aveva mai avuto il coraggio di parlargliene.

«Buon compleanno, tesoro», le augurò dolcemente. La vide impallidire.

Michael ne fu sorpreso. «È il compleanno della mamma? Non me l'avete detto.»

Missy si alzò a sedere. «Il compleanno della mamma?» ripeté contenta.

«Sì», disse Ray. Nancy fissava la tavola. «E stasera si festeggia. Porterò a casa una torta enorme e un regalo, e inviteremo a cena zia Dorothy. D'accordo, mamma?»

«Ray... no.» La voce di Nancy era bassa e implorante.

«Sì, invece. L'anno scorso avevi promesso, ricordi, che quest'anno avremmo...»

Festeggiato era il termine meno adatto. Non gli riuscì di usarlo. Da un pezzo, però, si era convinto che era ora di passare diversamente i compleanni di Nancy. All'inizio si era chiusa in se stessa, isolandosi anche da lui, e aveva vagato per la casa o sulla spiaggia come un fantasma silenzioso in un mondo tutto suo.

Ma l'anno prima aveva finalmente cominciato a parlare di loro... degli altri due bambini. «Sarebbero grandi adesso», aveva detto. «Provo a immaginare come potrebbero essere ma sembra che non riesca a fare nemmeno questo... Ricordo quel periodo vago e confuso. Come se si fosse trattato soltanto di un incubo.»

«Ed è giusto che sia così», le aveva risposto Ray. «Lascia i ricordi alle spalle, tesoro. Non chiederti neanche più che cosa è successo.»

Ripensando a quell'episodio si sentì più deciso. Si piegò su Nancy e le accarezzò i capelli, con un gesto di tenerezza e protezione al tempo stesso.

La donna lo guardò. Non supplicava più, era solo perplessa. «Non credo che...»

Michael la interruppe. «Quanti anni hai, mamma?» le chiese, con i suoi modi pratici.

Nancy sorrise, e il suo sorriso spontaneo fece allentare la tensione.

«Non sono fatti tuoi», gli rispose.

Ray bevve svelto un sorso di caffè dalla tazza della moglie. «Brava», commentò. «Stammi a sentire, Mike. Oggi pomeriggio passo io a prenderti a scuola, così andremo a comperare un regalo per la mamma. Adesso però devo proprio scappare. Aspetto un tale che vuol vedere casa Hunt. E voglio farmi trovare con tutti i documenti in ordine.»

«Ma quella casa non è già affittata?» chiese Nancy.

«Sì, anche quest'anno ci abita quel Parrish che la prende in autunno. Ma l'ho avvisato che possiamo farla visitare tutte le volte che ci fa comodo. È il posto ideale per aprire un ristorante, senza nemmeno doverci fare troppo. Se la vendo avrò una grossa provvigione.»

Nancy depose a terra Missy e si alzò per accompagnarlo alla porta. Baciandola, lui si accorse che le tremavano le labbra. Fino a che punto il suo programma per la giornata l'aveva sconvolta? Istintivamente fu sul punto di dirle: Non aspettiamo stasera. Non vado in ufficio e ce la spassiamo a Boston tutto il giorno con i bambini.

E invece salì in macchina. Salutandola con la mano, innestò la retromarcia e imboccò il vialetto fangoso che, attraversato il bosco, usciva sulla strada per Cape Cod. Il suo ufficio era in centro, ad Adams Port.

Ray aveva ragione, pensava Nancy mentre tornava lentamente al tavolo della cucina. Arriva un momento in cui bisogna cambiare vita, radicalmente – il momento in cui si deve smettere di essere legati ai ricordi e guardare solo avanti, al futuro. Sapeva che una parte di se stessa era ancora intorpidita, insensibile. Sapeva che la sua mente aveva steso un velo protettivo sui ricordi dolorosi... ma non era solo questo.

Gli anni con Carl erano per lei come una macchia confusa... tutto il tempo passato accanto a lui. Solo a fatica ricordava l'università, il campus, la sua voce modulata... Peter e Lisa. A chi assomigliavano? Erano scuri di capelli, tutti e due, come Carl. E troppo tranquilli, troppo sottomessi... colpa della propria insicurezza che li aveva condizionati... e poi li aveva persi, entrambi.

«Mamma, perché sei così triste?» Michael la fissava con lo stesso sguardo candido di Ray, e parlava con la sua stessa franchezza.

Sette anni, pensò Nancy. La vita era fatta di cicli di sette anni. Carl diceva sempre che in quell'arco di tempo tutto il nostro organismo cambia, ogni cellula si rinnova. Quindi era arrivato il momento di decidersi a guardare avanti... di decidersi a dimenticare.

Dette un'occhiata alla stanza: la cucina grande e allegra con il vecchio camino di mattoni e il pavimento di quercia, le tende rosse alle finestre che lasciavano intravedere il porto... e Michael e Missy.

«Non sono triste, caro», disse. «Davvero.»

Prese la piccola tra le braccia e sentì il tepore del corpicino contro il suo. «Ho pensato al tuo regalo», annunciò Missy. I suoi lunghi capelli ramati erano ricci sulla fronte e attorno alle orecchie. Spesso le chiedevano da chi avesse ereditato quel magnifico colore. Chi li aveva rossi in famiglia?

«Benissimo», ribatté Nancy. «Ma continuerai a pensarci all'aperto. È meglio che usciate a respirare un po' d'aria. Tra poco pioverà e farà freddo.»

Vestì i bambini e li aiutò a infilarsi le giacche a vento e i berretti. «Ecco qua il mio dollaro», disse Michael soddisfatto, frugando nel taschino della giacca a vento. «Ero sicuro d'averlo messo qua dentro. Così posso comprarti un regalo.»

«Anch'io ho dei soldi.» Missy, orgogliosa, mostrò una manciata di monetine.

«Su, bambini, non vorrete portarvi dietro i vostri soldi», replicò Nancy. «Finirete per perderli. Dateli a me, ve li conservo io.»

Michael scosse la testa. «No, me li scorderei e non potrei andare a far spese con papà.»

«Ti ricorderò io di prenderli. Te lo prometto.»

«La mia tasca ha la lampo. Vedi? Li metto qui, e tengo anche quelli di Missy.»

«Be'...» Nancy, stringendosi nelle spalle, si arrese. Era certa che Michael non avrebbe perso il suo dollaro. Come suo padre, era molto ordinato e scrupoloso. «Allora, Mike, io vado di sopra a mettere in ordine. Tu non allontanarti da Missy.»

«Okay», disse Michael. «Andiamo, Missy. Ti lascio salire per prima sull'altalena. Spingo io.»

Ray aveva messo un'altalena in giardino per i bambini, fissata a un ramo della grande quercia ai margini del bosco, dietro la casa.

Nancy aiutò la bambina a infilarsi i guantini a manopola. Erano rossi e, sul dorso, c'era una faccina sorridente ricamata in lana d'angora. «Non te li levare», le raccomandò, «altrimenti ti si geleranno le mani. Ormai fa freddo. Non so nemmeno io se faccio bene a lasciarvi uscire.»

«Oh, ti prego!» Le labbra di Missy cominciarono a imbronciarsi.

«D'accordo, d'accordò, niente scene», si affrettò ad aggiungere Nancy. «Mezz'ora, però, e non di più.»

Li fece uscire dalla porta di servizio. Rabbrividendo per il freddo, si chiuse i battenti alle spalle e si avviò verso la scala. La casa era un'autentica, vecchia costruzione di Cape Cod, con una scala ripidissima. Ray diceva che i coloni dovevano avere qualcosa in comune con le capre di montagna a giudicare dalle scale che si erano costruiti. Ma Nancy amava ogni particolare della sua casa.

Ricordava ancora la sensazione di pace che aveva provato visitandola per la prima volta, per quanto fossero passati ben sei anni. Era venuta a Cape Cod dopo la revoca della condanna. Il procuratore distrettuale non aveva insistito per riaprire un nuovo processo perché il testimone chiave dell'accusa, Rob Legler, era scomparso.

Lei era corsa subito a rifugiarsi all'altro capo dell'interno, il più lontano possibile dalla California, dalle persone che conosceva e dal luogo in cui viveva, dall'università e da tutto il corpo accademico. Non aveva più voluto rivedere nessuno di quegli amici: non solo non si erano rivelati tali, ma anzi le erano diventati estranei e ostili, e parlavano del «povero Carl» come se volessero attribuirle anche la responsabilità del suo suicidio.

Aveva scelto Cape Cod perché dicevano che la gente del New England fosse schiva, riservata e poco disposta a nuove conoscenze, e questa per lei era una gran buona qualità. Aveva bisogno di un posto in cui nascondersi per ritrovare se stessa, riordinare le idee, tentare di spiegarsi l'accaduto e, soprattutto, cercare di tornare a vivere.

Si era tagliata i capelli e li aveva tinti color castano scuro, ed era bastato per cambiare aspetto, per apparire completamente diversa dalle foto apparse sulla prima pagina dei giornali nel corso del processo.

Era stato il destino a spingerla nell'agenzia di Ray. Aveva già appuntamento in un'altra ma, d'impulso, era andata prima da Ray; le era piaciuta la sua insegna a mano e le cassette da fiori alle finestre piene di crisantemi gialli e color champagne.

Aveva atteso che terminasse di parlare con un altro cliente – un vecchio dal viso incartapecorito incorniciato da una massa di capelli ricci – ed era rimasta sorpresa dal garbo con cui Ray l'aveva convinto a tenersi la sua casa, assicurandogli che avrebbe trovato da affittare l'ultimo piano per aiutarlo a far fronte alle spese.

Appena uscito il vecchio, lei gli aveva detto: «Forse arrivo al momento giusto. Sto cercando un appartamento in affitto».

Ma lui non l'aveva nemmeno portata a vedere casa Hunt.

«L'Osservatorio è troppo grande, troppo isolato e troppo ventoso per lei», aveva spiegato. «Ci sarebbe invece una vecchia casa, in ottimo stato e completamente arredata. Volendo, è anche in vendita. Quante stanze le servono, signora... signorina?...»

«Signorina Kiernan», aveva detto lei. «Nancy Kiernan.» Istintivamente, aveva usato il nome di sua madre.

«Non molte, in verità. Non intendo ricevere gente né avere ospiti da fuori.»

Per fortuna non le aveva fatto altre domande, anzi non aveva mostrato la minima curiosità. «Cape Cod è il posto ideale per chi desideri starsene in pace», le aveva detto semplicemente. «E non ci si sente mai soli quando si cammina sulla spiaggia o si guarda il tramonto o, soltanto, ci si affaccia alla finestra la mattina.»

Poi Ray l'aveva portata a vedere la casa e lei, subito, aveva capito che ci sarebbe rimasta. Soggiorno e sala da pranzo, comunicanti, erano stati ricavati da un originario salotto in cui i primi inquilini passavano le loro giornate. Le era piaciuta la sedia a dondolo davanti al camino e il tavolo di fronte alla finestra che permetteva di mangiare guardando il porto e la baia.

Niente le impediva di occupare subito quella casa. Se anche Ray si era chiesto come mai tutto il suo bagaglio consistesse nelle due valigie che aveva portato con sé, certo non l'aveva dato a vedere. Lei gli aveva detto che, dopo la morte di sua madre, aveva deciso di vendere la loro casa nell'Ohio e di trasferirsi sulla costa orientale. Aveva omesso soltanto i sei anni intercorsi tra i due avvenimenti, tutto lì.

E quella notte, per la prima volta dopo tanti mesi, aveva dormito senza mai svegliarsi. Era caduta in un sonno profondo e non aveva più sentito Peter e Lisa che la chiamavano in sogno. Non si era rivista in tribunale con Carl che l'accusava d'omicidio.

La mattina dopo, la prima nella nuova casa, si era seduta davanti alla finestra con una tazza di caffè in mano. Era una giornata luminosa, splendente. Il cielo terso era di un azzurro intenso e la baia si stendeva calma e immobile, attraversata solo dai voli dei gabbiani che volteggiavano intorno alle barche da pesca.

Bevendo il caffè era rimasta a guardare incantata. I raggi del sole le scaldavano il viso e il caffè bollente le diffondeva il calore in tutto il corpo. Lo spettacolo sereno accresceva la sua sensazione di pace dopo quella notte senza brutti sogni.

Pace... donami la pace. Quella era stata la sua preghiera durante il processo e in prigione. *Fa' che io impari a rassegnarmi.* Ed erano passati già sette anni...

Nancy, scoprendosi ancora ferma sul primo gradino della scala, sospirò. Ci si perde facilmente nei ricordi. Ecco perché cercava con tutte le forze di vivere giorno per giorno... senza guardare né indietro né avanti.

Salì lentamente le scale. Ma come poteva trovare pace sapendo che se Rob Legler fosse ricomparso l'avrebbero rimandata sotto processo, l'avrebbero separata da Michael e da Missy?

Nascose un istante il viso nelle mani. Non pensarci, si disse. Non serve a nulla.

Arrivata al primo piano, scosse il capo decisa ed entrò in camera da letto. Spalancando la finestra rabbrividì al vento gelido che le soffiava addosso le tende. Il cielo si stava coprendo di nuvole e il mare nella baia aveva cominciato ad agitarsi. Nancy era vissuta abbastanza a Cape Cod per sapere che quasi sempre un vento freddo come quello portava burrasca.

Ma non era ancora il caso di far rientrare i bambini. Voleva che respirassero il più a lungo possibile l'aria del mattino. Nel pomeriggio, infatti, Missy faceva un pisolino e Michael andava alla scuola materna.

Cambiando le lenzuola si chiese se non fosse il caso di andare a controllare che Missy, il giorno prima un po' raffreddata, non si fosse come al solito slacciata il giubbotto. Dieci minuti le sarebbero bastati per finire di riordinare... e forse la bambina, ben protetta da un maglione a collo alto, non correva davvero il rischio di ammalarsi.

Dieci minuti, non di più, si ripromise Nancy, cercando di calmare quell'angoscia penosa che continuava a dirle di scendere dai bambini *subito*.

2

Certe mattine Jonathan Knowles andava a piedi a comprare il giornale all'emporio, altre in bicicletta. Però passava sempre davanti alla vecchia casa Nickerson, che Ray Eldredge aveva comprato quando aveva sposato la bella ragazza che già vi abitava in affitto.

Ai tempi del vecchio Nickerson la costruzione cominciava a cadere in rovina, ma ora aveva un aspetto solido e confortevole. Ray aveva fatto sostituire il tetto e ridipingere gli infissi, e sua moglie era senz'altro dotata di pollice verde. I crisantemi gialli e arancio alle finestre rendevano la casa allegra e accogliente perfino nelle giornate più fredde e cupe.

Con il bel tempo, Nancy era spesso in giardino la mattina. Lo salutava con un sorriso cordiale e subito tornava a occuparsi dei suoi fiori. A Jonathan faceva un immenso piacere. Aveva conosciuto i genitori di Ray durante le vacanze estive a Cape Cod. Naturalmente gli Eldredge figuravano tra i colonizzatori della zona: il padre di Ray gli aveva illustrato il loro albero genealogico su fino al primo antenato sbarcato sulla costa dalla *Mayflower*.

Agli occhi di Jonathan era un grosso merito il fatto che Ray fosse così affezionato a Cape Cod da decidere di aprirvi la sua agenzia immobiliare. Il posto era ideale per una giovane coppia con dei figli. E anche per ritirarsi a concludere i propri giorni. Jonathan ed Emily passavano sempre le vacanze a Cape Cod, e sognavano il giorno in cui vi si sarebbero potuti stabilire definitivamente. C'era mancato poco. Ma il destino aveva deciso diversamente per Emily.

Jonathan sospirò. Era un uomo robusto con dei folti capelli bianchi e un viso largo con solo un accenno di doppiomento. Una volta terminato di esercitare la professione di avvocato, l'inattività aveva cominciato a deprimerlo. In inverno poteva pescare poco o niente, e le visite agli antiquari alla ricerca di mobili da restaurare non lo divertivano più come quando Emily era con lui. Ma in quel secondo anno di residenza fissa a Cape Cod si era messo a scrivere un libro.

Iniziato come hobby, era diventato un'impegnativa attività quotidiana. Un suo amico editore, venuto a Cape Cod per un fine settimana, ne aveva letto qualche capitolo, e si era affrettato a spedirgli un contratto. Si trattava di una raccolta di famosi processi per omicidio. Jonathan vi lavorava cinque ore al giorno, cominciando tutte le mattine alle nove e mezzo precise.

Il vento era forte. Si avvolse la sciarpa attorno alla gola, grato ai pallidi raggi di sole che gli battevano in viso, e guardò verso la baia. Ora che gli arbusti avevano perso le foglie, il mare si vedeva bene. L'unico disturbo era dato dalla vecchia casa Hunt, alta sul contrafforte roccioso – la casa chiamata «l'Osservatorio».

Jonathan guardava sempre la baia quando arrivava in quel punto. Qualcosa gli ferì gli occhi. Quel tale che aveva preso la casa in affitto doveva aver messo qualcosa di metallico alle finestre, pensò. L'avrebbe detto a Ray. No, meglio di no. Quel tipo avrebbe potuto chiedergli se, prima di lamentarsi, si era assicurato che il bagliore non provenisse invece da un altro punto della baia.

Istintivamente, si strinse nelle spalle. Stava passando davanti alla casa degli Eldredge: Nancy, seduta accanto alla finestra, parlava con il bambino, e teneva la femminuccia sulle ginocchia. Jonathan distolse lo sguardo, sentendosi un intruso: non voleva incontrare gli occhi di lei. Bene, dunque: avrebbe comprato il giornale, e dopo colazione si sarebbe messo alla scrivania. Quel giorno cominciava a lavorare all'omicidio Harmon – e aveva la sensazione che, quello, sarebbe stato il capitolo più interessante del libro.

3

RAY spalancò la porta del suo ufficio, incapace di liberarsi da quella sensazione d'angoscia che, come un mal di denti non localizzato, gli pulsava dentro. Da che cosa dipendeva? Certo non solo dall'aver parlato apertamente a Nancy del suo compleanno, anche se era stato un grosso rischio, con i ricordi che evocava. Quando l'aveva lasciata, però, era calmissima. Ormai la conosceva bene, e riusciva a capire quando era sconvolta dai ricordi della vita precedente.

Bastava poco a farla entrare in crisi, a volte: come quando vedeva due bambini con i capelli neri dell'età degli altri suoi figli, o come l'anno prima, quando a Cohasset avevano trovato una bambina uccisa e in giro non si faceva che parlare di delitti. Ma quel mattino Nancy era tranquilla. L'angoscia di Ray nasceva da qualcos'altro... come un presentimento.

«Che cos'hai?»

Ray, colto alla sprovvista, alzò gli occhi. Dorothy era seduta alla sua scrivania. I capelli, più grigi che castani, le incorniciavano con naturalezza il viso magro e grazioso. Il suo pullover beige e la gonna di tweed erano volutamente semplici e denotavano la sua completa indifferenza a qualsiasi vezzo.

Dorothy era stata la prima cliente di Ray. Aveva appena aperto l'agenzia e siccome la ragazza che aveva assunto non si era fatta viva, Dorothy si era offerta di dargli una mano per qualche giorno. E, da quel momento, era rimasta con lui.

«Hai un'aria preoccupata e scuoti la testa, lo sai?» gli disse.

Ray sorrise imbarazzato. «Devo essermi svegliato male, nient'altro. Come va il lavoro?»

Dorothy assunse immediatamente un tono professionale. «Bene. Ho sistemato l'incartamento dell'Osservatorio. A che ora deve venire quel tale che vuole vederlo?»

«Alle due», rispose Ray. Si chinò sulla scrivania. «Dove hai scovato queste planimetrie?»

«Nell'archivio della biblioteca. Ricordati: i lavori di costruzione della casa hanno avuto inizio nel 1690. Ne uscirebbe uno splendido ristorante. Un vero gioiello, sempre che qualcuno sia disposto a sborsare un bel mucchio di quattrini per il restauro. E non si può demolire la banchina.»

«A quanto mi risulta, il signor Kragopoulos e sua moglie hanno avviato e venduto parecchi ristoranti, e quindi non credo sia gente che bada a spese.»

«Mai sentito di un greco che non sapesse gestire un ristorante», commentò Dorothy chiudendo il fascicolo.

«E gli inglesi sono dei gran sgobboni, e non esiste un

solo tedesco dotato del minimo senso dell'umorismo, e quasi tutti i portoricani... Dio, come odio le etichette!» Ray tolse dal taschino della giacca la pipa e se la infilò tra i denti.

«Come?» Dorothy lo guardò sconcertata. «Io non etichettavo nessuno... o forse sì, ma certo non nel senso che credi tu.» Gli voltò le spalle e ripose il fascicolo. Ray, senza darle altro peso, andò nel suo ufficio e chiuse la porta.

L'aveva offesa. Stupidamente e inutilmente. Che cosa diavolo gli stava succedendo? Dorothy era la persona più onesta, imparziale e corretta che conoscesse. Dirle una frase del genere era stata una vera meschinità. Sospirando, allungò la mano verso lo speciale contenitore che manteneva umido il tabacco e si riempì la pipa. Rimase per un quarto d'ora a pensare, tirando boccate di fumo, poi chiamò Dorothy alla derivazione del telefono.

«Sì?» gli rispose la sua voce tesa.

«Sono arrivate le ragazze?»

«Sì.»

«È pronto il caffè?»

«Sì.» Dorothy non gli domandò se ne voleva.

«Ti spiace venire qui con la tua tazza e portarne una anche a me? E di' alle ragazze di non passare nessuna telefonata per un quarto d'ora.»

«Va bene.» Dorothy agganciò.

Ray andò ad aprirle la porta, e si affrettò a richiuderla appena lei entrò con le tazze fumanti.

«Tregua», esordì contrito. «Mi dispiace molto.»

«Lo credo bene», disse Dorothy. «Ma non è niente. Però vorrei sapere che cos'hai.»

«Siediti, ti prego.» Ray le indicò la poltrona in pelle color ruggine accanto alla scrivania. Andò con il suo caffè davanti alla finestra e osservò di malumore il paesaggio che diventava sempre più grigio.

«Vieni a cena da noi stasera?» le chiese. «Festeggiamo il compleanno di Nancy.» Si voltò di scatto sentendola trattenere bruscamente il respiro. «Credi sia uno sbaglio?» aggiunse.

Dorothy era l'unica persona a Cape Cod che sapesse di Nancy. Era stata Nancy stessa a dirle tutto, chiedendole consiglio quando Ray le aveva proposto di sposarlo.

Dorothy era perplessa, glielo si leggeva negli occhi e lo si sentiva nella voce. «Non lo so, Ray», rispose. «Ma perché festeggiare?»

«Perché non si può fingere in eterno che Nancy non compia gli anni. E anche per altri motivi, è chiaro. Nancy deve finirla di nascondersi, deve chiudere con il suo passato.»

«Ma può chiudere con il passato? Può smettere di nascondersi con la prospettiva di un altro processo che incombe su di lei?»

«Ma è solo una prospettiva, Dorothy, come dici tu. Ti rendi conto che da più di sei anni ormai quel tale che ha testimoniato contro di lei non si fa né vedere né sentire? Dio solo sa dove sia ora e se sia ancora vivo. Per quel che sappiamo noi, probabilmente è riuscito a rimpatriare di nascosto e, come Nancy, non ha la minima voglia di riaprire la faccenda. Tieni presente che è stato dichiarato disertore dell'esercito. Se lo prendono lo aspetta una pena durissima.»

«È probabile», convenne Dorothy.

«No, è sicuro. E adesso facciamo un passo avanti. Mettiti al mio posto. Che cosa pensano di Nancy i nostri concittadini... comprese le mie segretarie?»

Dorothy ebbe un attimo d'esitazione. «Pensano che è molto carina... che porta bene gli abiti... che è sempre cordiale... e che ha un carattere molto riservato.»

«Hai usato delle parole garbate, Dorothy. Io invece ho sentito dire di mia moglie che è troppo snob per la gente di qui. Al circolo del golf mi rompono l'anima chiedendomi di continuo perché non porto mai dietro la mia bella moglie. Una settimana fa alla scuola di Michael hanno chiesto a Nancy se era disposta a far parte di qualche comitato. Lei ha risposto di no, è ovvio. Il mese scorso, finalmente, ero riuscito a portarla alla cena degli agenti immobiliari, e al momento di scattare la foto di gruppo è andata a rintanarsi nella toilette.»

«Teme che qualcuno la riconosca.»

«Lo capisco. Ma non credi che questa possibilità diventi ogni giorno che passa più remota? E anche nel caso che si sentisse dire: 'Sa che lei assomiglia come una goccia d'acqua a quella ragazza californiana che è stata accusata di...' che importanza avrebbe? Sarebbe finita lì, nel novanta per cento dei casi. Una somiglianza, punto e basta. Dio santo, ricordi quel tale che faceva la pubblicità a certe marche di whisky, e che era la copia sputata di Lyndon Johnson? Suo nipote era con me sotto le armi. A questo mondo ci sono persone che si assomigliano, è più che normale. E poi proprio nell'eventualità di un altro processo, preferisco che si inserisca tra la gente di qui: voglio che la considerino una di loro e le diano una mano in caso di bisogno. Un domani, dopo l'assoluzione, dovrebbe sempre tornare qui a ricominciare una vita nuova. E tutti noi con lei.»

«E se la condannassero?»

«Mi rifiuto di considerare questa possibilità», disse Ray in tono reciso. «Allora, vieni da noi stasera?»

«Molto volentieri», rispose Dorothy. «E sono d'accordo con te quasi su tutto.»

«Quasi su tutto?»

«Sì.» Lo fissò decisa. «Penso che dovresti chiederti se questo tuo improvviso desiderio di una vita normale sia solo per il bene di Nancy o se ci siano anche altre ragioni.»

«Ti spiace spiegarti?»

«Ray, ho sentito con le mie orecchie il Segretario di Stato del Massachusetts quando ti esortava a metterti in politica, dicendo che Cape Cod ha bisogno di giovani del tuo calibro. E ho sentito anche che ti garantiva tutto il suo appoggio. È difficile, molto difficile, lasciar cadere una proposta del genere. Ma così come stanno le cose, non puoi certo accettarla. E tu lo sai benissimo.»

Dorothy se ne andò senza lasciargli il tempo di aggiungere altro. Ray finì il suo caffè e si sedette alla scrivania. Irritazione, ansia e nervosismo sbollirono, lasciandolo depresso e con un senso di colpa. Dorothy aveva ragione, naturalmente. Lui voleva convincersi a ogni costo che nessuna minaccia incombeva su di loro, che tutto andava a meraviglia. E intanto era maledettamente nervoso. Eppure, quando aveva sposato Nancy sapeva che cosa lo aspettava: lei gliel'aveva detto e ripetuto, mettendolo in guardia in tutti i modi possibili.

Ray fissava, senza vederla, la posta sulla scrivania, e

ripensava a quante volte, negli ultimi mesi, aveva ingiustamente scaricato la sua tensione sulla moglie, proprio come gli era successo quel mattino con Dorothy. Per esempio, la volta che gli aveva mostrato un acquerello che aveva fatto. Se avesse studiato arte, con il suo talento avrebbe già potuto allestire una mostra lì a Cape Cod. Ma lui le aveva detto soltanto: «Molto bello. E adesso in quale cassetto lo nasconderai?»

Nancy era rimasta senza parole. Si sarebbe volentieri morso la lingua e aveva subito aggiunto: «Mi dispiace, tesoro, perdonami. È che sono talmente orgoglioso di te che vorrei che tutti lo vedessero».

Quanti di quei suoi scatti di nervi dipendevano dalla stanchezza di essere sempre condizionati in ogni cosa?

Sospirando, cominciò a scorrere la posta.

Alle dieci e un quarto Dorothy spalancò la porta del suo ufficio. Aveva perso il colorito roseo, da persona in buona salute, ed era pallidissima, come se si sentisse male. Ray balzò in piedi, pronto a sorreggerla. Ma lei, scuotendo il capo, chiuse la porta e gli porse il giornale che teneva nascosto sotto il braccio.

Era il *Cape Cod Community News*. Lo lasciò cadere sulla scrivania.

Fissarono entrambi la grande fotografia: tutti quanti, senza la minima esitazione, vi avrebbero riconosciuto Nancy. Ray non l'aveva mai vista: indossava un completo di tweed marrone e aveva i capelli raccolti, castani scuri. La didascalia sotto la foto diceva: SARÀ QUESTO UN COMPLEANNO FELICE PER NANCY HARMON? C'era anche un'altra fotografia di Nancy che lasciava l'aula del tribunale all'epoca del processo, con il viso duro e inespressivo e i capelli sciolti sulle spalle, e una terza ancora nella quale stringeva a sé due bambini.

L'articolo cominciava così: «Oggi, chissà dove, Nancy Harmon festeggia il suo trentaduesimo compleanno e il settimo anniversario della morte dei bambini che è stata accusata di aver ucciso».

4

Ci voleva tempismo. L'universo intero si reggeva su tempi calcolati alla frazione di secondo; anche i suoi, ora, dovevano essere perfetti.

Uscì veloce dal garage in retromarcia. Era una giornata così buia da riuscire a stento a notare qualcosa nel cannocchiale, ma era sicuro di aver visto Nancy che infilava il cappotto ai bambini.

Si frugò in tasca: ecco le siringhe... piene, pronte per l'uso, per produrre un'immediata perdita di conoscenza e far cadere in un sonno profondo senza sogni.

Sentiva le ascelle e l'inguine madidi di sudore, e grosse gocce gli colavano dalla fronte giù per le guance. Questo non ci voleva: con il freddo che faceva, era un segno troppo evidente di agitazione e nervosismo.

Perse alcuni secondi preziosi per strofinarsi il viso con un asciugamano che teneva sul sedile accanto al posto di guida e lanciò uno sguardo a quello posteriore. L'impermeabile di cerata era uguale a quelli che molti a Cape Cod portavano in macchina soprattutto durante la stagione della pesca, e le lenze erano ben visibili dal lunotto posteriore. Nessuno avrebbe sospettato che sotto quell'impermeabile potessero starci due bambini. Con una risatina nervosa, lanciò l'auto in direzione della Route 6A.

All'incrocio con la 6A c'era il *Wiggins' Market*. Si serviva sempre lì quando stava a Cape Cod anche se cercava di frequentarlo il meno possibile. C'era sempre il rischio, facendosi vedere troppo in giro, di incontrare Nancy, che lo avrebbe riconosciuto sicuramente, nonostante d'aspetto diverso. Quattro anni prima se l'era cavata per miracolo: in un supermercato di Hyannis Port aveva sentito la sua voce dietro di sé. Stava per prendere un barattolo di caffè, e la mano di Nancy, diretta allo stesso scaffale, aveva quasi sfiorato la sua. L'aveva sentita dire: «Un attimo di pazienza, Michael. Devo prendere una cosa qui». Gli si era gelato il sangue nelle vene e lei, avendolo urtato leggermente, gli aveva detto: «Mi scusi».

Non era riuscito a trovare il coraggio di risponderle – era rimasto lì impalato – e lei se ne era andata. Senza nemmeno guardarlo, ne era certo. Ma, da allora, non se l'era più sentita di sfidare la sorte. Però era meglio farsi vedere regolarmente ad Adams Port, perché poteva tornargli utile che la gente si abituasse ai suoi andirivieni. Per questo, tutte le mattine poco dopo le dieci andava a comprare il pane e il latte al *Wiggins' Market*. Nancy non usciva mai di casa prima delle undici, diretta al *Lowery's Market*, cinquecento metri più avanti sulla stessa strada. Ormai i Wiggins lo trattavano come un cliente di vecchia data. E anche quel giorno lo avrebbero visto entrare nel loro negozio entro pochi minuti, come stabilito.

Non c'era in giro nessuno. Evidentemente il freddo faceva passare la voglia di uscire di casa. In prossimità della Route 6A, rallentò fin quasi a fermarsi.

Continuava ad avere una fortuna incredibile: nemmeno un'auto in vista in nessuna delle due direzioni. Premette svelto l'acceleratore, l'auto superò l'incrocio e imboccò il viale che passava dietro la casa degli Eldredge.

Audacia: ecco tutto quel che ci voleva. Qualsiasi imbecille avrebbe potuto farcela con un piano infallibile. Ma con un piano così semplice, tanto da non meritare neppure questo nome – una tabella oraria calcolata al cronometro, e basta – qui sì che si vedeva il vero genio. Lasciarsi aperta la possibilità di insuccesso, camminare su una corda tesa sopra decine di voragini in modo che nessuno, ad azione compiuta, pensasse nemmeno per un istante che potevi essere stato tu: ecco come andavano fatte le cose.

Le dieci meno dieci. I bambini erano in giardino da un minuto. Certo, il caso poteva giocargli sempre qualche brutto scherzo: uno dei due bambini poteva essere rientrato a casa per bere un bicchier d'acqua o per andare in bagno. Ma era improbabile. Molto improbabile. Li aveva tenuti d'occhio per un mese intero, giorno dopo giorno. Uscivano sempre in giardino a giocare, a meno che non piovesse a dirotto; per i primi dieci o quindici minuti lei li lasciava soli, e non rientravano mai in casa.

Le dieci meno nove. Sterzò nel vialetto che portava alla casa. Mancava qualche minuto alla consegna del giornale. E l'articolo doveva essere pubblicato quel giorno. Per giustificare l'esplosione di violenza di Nancy... in modo che tutti sapessero chi era e, passando davanti alla casa, ne parlassero sconvolti, fissando le finestre...

Fermò l'auto nel bosco, dove non sarebbe stata visibile né dalla strada né dalla casa. Scese svelto e, correndo vicino agli alberi per non essere visto, raggiunse lo spiazzo, in cui giocavano i bambini. Gli alberi erano spogli, ma c'erano pini e altre macchie di sempreverde che bastavano a nasconderlo.

Sentì le loro voci ancora prima di vederli. Il bambino aveva il fiato un po' grosso, quindi era lui a spingere l'altalena. «Chiederemo a papà che cosa dobbiamo comprare alla mamma. I soldi li tengo io.»

La bambina rideva. «Va bene, Mike. Di più, Mike... spingimi più in alto, per piacere.»

Piano piano arrivò alle spalle del bambino, che si accorse della sua presenza solo all'ultimo momento. L'uomo vide di sfuggita due occhi azzurri spaventati e una bocca spalancata dal terrore ma, rapidissimo, con una mano coprì gli occhi e la bocca mentre con l'altra affondava l'ago nella lana di un guantino. Il bambino cercò di resistergli, tendendo tutti i muscoli, poi si accasciò al suolo senza rumore.

L'altalena stava tornando indietro e la bambina gridava: «Spingimi, Mike. Non smettere di spingermi...» Lui prese al volo la catena destra e strinse quel piccolo corpo che si agitava senza capire. Pronto, soffocò il gridolino della bambina e infilò l'ago nel guantino rosso con la faccia sorridente ricamata sul dorso. Dopo un istante Missy si abbandonava con un sospiro contro di lui.

Li prese in braccio entrambi agevolmente, senza accorgersi che un guanto della bambina era rimasto impigliato nelle maglie della catena. Tornò correndo alla sua auto.

Alle dieci meno cinque i bambini giacevano raggomitolati sotto l'impermeabile di tela cerata. Ripercorse il vialetto fangoso. Mentre svoltava sul viale dietro la casa di Nancy, vide arrivare una Dodge berlina. Gli sfuggì un'imprecazione. La macchina rallentò per lasciarlo curvare e lui voltò di scatto la testa.

Maledetta sfortuna. Passando accanto alla macchina, azzardò una rapida occhiata all'uomo che stava al volante: intravide un profilo dal naso affilato e dal mento sfuggente sotto un cappello informe. L'uomo parve non guardarlo nemmeno.

Quel viso gli sembrò vagamente familiare: probabilmente era un abitante di Cape Cod che nemmeno ricordava che la stradina portava alla casa degli Eldredge. Erano ben poche le persone dotate di spirito d'osservazione. E nel giro di qualche minuto si sarebbe certo dimenticato di aver lasciato passare un'altra macchina.

Tenne d'occhio la berlina nello specchietto retrovisore finché non la perse di vista. Con un grugnito di soddisfazione inclinò lo specchietto per inquadrare il sedile posteriore. L'impermeabile pareva gettato a caso su degli attrezzi da pesca. Tranquillo e contento, rimise al suo posto lo specchietto e non lo guardò più. Così non vide che l'altra macchina si era fermata e aveva innestato la retromarcia.

Alle dieci e quattro minuti entrò nel *Wiggins' Market* e, borbottando un saluto, si diresse al banco frigorifero per prendere un litro di latte.

5

NANCY scese la ripida scala con le braccia cariche di lenzuola, asciugamani e biancheria. Aveva deciso di fare subito il bucato, perché voleva lasciarlo asciugare all'aperto prima che piovesse. Ormai l'inverno era alle porte. Anche le ultime foglie degli alberi in fondo al giardino stavano per cadere e il fango del vialetto che portava alla casa era duro come cemento. La baia andava assumendo dei colori lividi, grigiastri.

Avrebbe approfittato di quel pallido sole che precedeva la tempesta. Le piaceva il profumo fresco delle lenzuola asciugate all'aria aperta, le piaceva tirarsele sul viso mentre si addormentava e sentire la leggera fragranza di pino e mirtillo, di mare – così diverse dalle lenzuola ruvide, umide e maleodoranti della prigione. Ma non doveva più pensarci.

D'istinto, arrivata in fondo alla scala, aveva voltato verso la porta di servizio, ma subito si fermò. Era proprio una sciocca. I bambini stavano benissimo ed erano in giardino solo da un quarto d'ora. Quell'ansia frenetica che la perseguitava doveva essere vinta una volta per tutte. Aveva il sospetto che Missy cominciasse ad avvertirla e risentisse delle sue cure eccessive. Prima di farli rientrare avrebbe messo in azione la lavatrice. E poi, mentre loro seguivano il programma televisivo per i ragazzi, avrebbe sfogliato il *Cape Cod Community News* bevendo un'altra tazza di caffè. Ora che la stagione turistica era finita e i prezzi si erano ribassati, c'erano buone probabilità di trovare degli oggetti antichi non costosi. Voleva un divano per il salotto – di quelli con lo schienale alto che, nel XVII secolo, chiamavano «panche».

Raggiunse la lavanderia, preparò il bucato e fece partire il lavaggio.

Adesso era davvero ora di richiamare i bambini. Ma sulla porta d'ingresso trovò il giornale appena consegnato. Il ragazzo che lo distribuiva stava per girare dietro la curva. Lo raccolse rabbrividendo per il vento che soffiava sempre più forte, e tornò svelta in cucina. Accese il gas sotto la caffettiera ancora calda e, ansiosa di leggere gli annunci economici, lo sfogliò in fretta.

Vide subito la grossa didascalia e le fotografie... le tre fotografie: lei con Carl e Rob Legler, lei con Peter e Lisa... stretti e fiduciosi, come sempre, tra le sue braccia. Rivide distintamente quella volta che si erano messi in posa e sentì come un boato nelle orecchie: era stato Carl a scattare la foto.

«Non badate a me», aveva detto. «Fate conto che io non ci sia.» Ma i bambini non gli avevano dato retta e si erano stretti a lei, che aveva abbassato gli occhi per guardarli proprio mentre Carl premeva il pulsante di scatto. Le sue mani accarezzavano quei loro capelli neri, morbidi come seta.

«No... no... no... no...!» Disperata, rovesciò il capo all'indietro perdendo quasi l'equilibrio. Cercò con il braccio un appoggio e urtò la caffettiera. Quando ritirò la mano, il caffè bollente le colava tra le dita ma lei quasi non lo sentiva.

Avrebbe bruciato il giornale. Michael e Missy non dovevano vederlo. Ecco, l'avrebbe bruciato perché nessuno potesse vederlo. Corse al camino della sala da pranzo.

Il camino... ora non le sembrava più caldo, allegro e protettivo. Perché per lei non c'era scampo... non ci sarebbe mai stato scampo. Appallottolò il giornale e, a tentoni, prese dalla mensola la scatola dei fiammiferi. Un filo di fumo, la fiamma, ed ecco che il giornale cominciò a bruciare mentre lei lo pressava tra i ceppi.

Tutti, a Cape Cod, leggevano quel giornale. Avrebbero saputo... avrebbero saputo tutti quanti. Bastava la prima fotografia per farla riconoscere. Il giornale ora bruciava bene. Guardò la foto di Peter e Lisa che si inceneriva e accartocciava. Erano morti, tutti e due: la cosa migliore sarebbe stata andarsene con loro. Non c'era un solo posto al mondo in cui potesse nascondersi... in cui potesse dimenticare. Ray avrebbe saputo allevare da solo Michael e Missy. L'indomani i compagni d'asilo di Michael l'avrebbero segnato a dito bisbigliando tra loro.

I bambini. Doveva salvare i bambini. Salvarli? No, doveva pensare a loro, niente altro.

Trascinò le gambe rigide fino alla porta di servizio e

la spalancò. «Peter... Lisa...» chiamò. No, no! Michael e Missy! Erano loro i suoi figli, adesso.

«Michael. Missy. Venite. È ora di rientrare.» Il suo gemito si trasformò in un urlo. Dov'erano? Corse in giardino, incurante del freddo che le passava attraverso il leggero pullover.

L'altalena. Sull'altalena non c'erano più. Probabilmente erano andati nel bosco. «Michael! Missy! Dove vi siete nascosti? Smettetela. Venite qui.»

L'altalena dondolava ancora. Ma forse era il vento che la muoveva. Poi vide il guantino. Il guantino di Missy, impigliato nelle maglie metalliche della catena.

Sentì un rumore in lontananza.

Il lago. Erano al lago. Avevano il divieto di andarci ma poteva darsi che avessero disobbedito. Li avrebbero ritrovati come gli altri, nell'acqua: con il viso fradicio, gonfio, immobile.

Afferrò il guantino di Missy e corse barcollando verso il lago. Senza mai smettere di chiamarli, si fece strada tra i rami e arrivò sulla spiaggia.

Nel lago, poco lontano dalla riva, qualcosa brillava a pelo dell'acqua. Qualcosa di rosso... l'altro guantino... la manina di Missy? Entrò nell'acqua gelida fino alle spalle, agitando le mani. Niente. Pazza di disperazione, Nancy intrecciò le dita come per formare un retino naturale, ma ancora niente... solo quella terribile acqua gelida che le paralizzava le membra. Chinandosi in avanti per guardare sul fondo, cadde. L'acqua le entrò nel naso e nella bocca, bruciandole la pelle del viso e del collo.

Riuscì a rimettersi in piedi e, incespicando, tornò a

riva. Alla fine, sotto il peso degli abiti inzuppati, crollò sulla sabbia incrostata di ghiaccio.

E in quel momento, mentre un rombo la assordava e una cortina di nebbia stava per chiudersi davanti ai suoi occhi, lo vide... vide, nel bosco, il suo viso. Chi era?

Ray e Dorothy la trovarono lì: scossa da un tremito convulso, distesa sulla sabbia con i capelli appiccicati alla testa e gli abiti incollati al corpo. Aveva gli occhi vitrei e inespressivi, e premeva contro la guancia il guantino rosso di Missy con la mano coperta di grosse vesciche.

6

JONATHAN lavò e asciugò meticolosamente i piatti della prima colazione, scrostò la padella dell'omelette e scopò il pavimento della cucina. Emily era pulita e ordinata di carattere e gli anni passati con lei gli avevano insegnato ad apprezzare quelle doti. Si era abituato ad appendere gli abiti nell'armadio, a riporre la biancheria sporca nell'apposita cesta in bagno e a rigovernare dopo ogni pasto. Curava persino certi particolari che sfuggivano alla domestica e il venerdì, quando lei se n'andava, si metteva a lavare i barattoli o a lustrare a dovere i pavimenti dove lei aveva lasciato strisce di cera.

A New York lui ed Emily abitavano a Sutton Place all'angolo di sudest con la 55ª Strada. Lo stabile dava sul Franklin Delano Roosevelt Drive, lungo l'East River.

Seduti sul balcone del loro appartamento al diciassettesimo piano, guardavano i ponti illuminati sul fiume e parlavano del giorno in cui si sarebbero ritirati a Cape Cod e sarebbero stati a guardare il Lago Maushop.

«Come farai senza Bertha che ti manda avanti la casa?» la provocava lui. «Bertha avrà raggiunto l'età della pensione. Insegnerò a te a darmi una mano. Ci basterà una donna che venga a fare le pulizie una volta alla settimana. E tu? Come farai tu, senza la macchina sotto la porta, a tua disposizione?»

Jonathan rispondeva che si sarebbe comprato una bicicletta. «Anzi, la comprerei anche subito», diceva, «se non temessi di fare una cattiva impressione su qualche cliente. Andare al lavoro su due ruote...

«E proverai a scrivere», lo incoraggiava Emily. «A volte rimpiango che tu non l'abbia ancora fatto.»

«Non potevo certo permettermi la carriera di scrittore con una moglie come te», ribatteva lui. «È una guerra personale contro la recessione, la tua. Tutta la Quinta Strada fa affari d'oro quando la signora Knowles esce per compere.»

«Colpa tua», lo rimbeccava lei. «Sei sempre stato tu a spingermi a spendere.»

«Mi fa piacere spendere per te, e non sto certo lamentandomi. So di essere un uomo fortunato.»

Se solo avessero potuto trascorrere assieme qualche anno lì a Cape Cod... Jonathan, con un sospiro, appese lo strofinaccio per asciugare i piatti. La vista di Nancy Eldredge e dei suoi bambini dietro la finestra gli aveva messo addosso una leggera malinconia. Si sentiva agitato, nervoso: forse era colpa del tempo o dell'inverno ormai alle porte. Lo tormentava qualcosa: un'insofferenza simile a quella che lo prendeva ogni volta che, preparando un memoriale, scopriva che certi fatti non collimavano.

Bene, era tempo di mettersi al lavoro. Era ansioso di cominciare il capitolo Harmon.

Avrebbe potuto smettere di esercitare la professione anche prima, pensò incamminandosi verso lo studio a passi lenti. Tanto, non aveva aspettato lo stesso di raggiungere l'età del pensionamento. Appena morta Emily aveva venduto l'appartamento di New York, rassegnato le dimissioni, liquidato Bertha e, come un cane che vuole leccarsi in pace le sue ferite, era venuto a rifugiarsi lì, in quella casa che si erano scelti assieme. E, superati i primi tempi di dolore disperato, era riuscito a trovare una specie di pace.

Ora poi con quel libro viveva un'esperienza affascinante. Quando aveva deciso di scriverlo, aveva invitato il suo amico Kevin Parks, un meticoloso investigatore privato, a passare un fine settimana a Cape Cod da lui e gli aveva esposto a grandi linee il suo piano di lavoro. Jonathan aveva scelto dieci processi per omicidio conclusisi con un verdetto ambiguo, e aveva proposto a Kevin di compilargli un dossier di tutto il materiale relativo a questi processi: copie degli atti, deposizioni, articoli di giornale, fotografie, anche i pettegolezzi – insomma, tutto quello che riusciva a trovare. Jonathan poi si sarebbe studiato attentamente ogni fascicolo decidendo come impostare i vari capitoli e, sia che fosse stato d'accordo o no con il verdetto, avrebbe spiegato i motivi del suo punto di vista. Pensava di intitolare il libro *Verdetto dubbio*.

Tre capitoli erano già terminati. Il primo era «Il processo Sam Sheppard». La sua opinione: non colpevole. Troppe le scappatoie, troppe le prove non tenute nella dovuta considerazione. Jonathan concordava con Dorothy Killgallen nel sostenere che la giuria aveva riconosciuto Sam Sheppard colpevole d'adulterio, e non d'omicidio.

Il secondo capitolo era «Il processo Cappolino». Il suo parere era che Marge Farger si meritava la prigione insieme al suo ex amante.

Il terzo capitolo, appena finito, era «Il processo Edgar Smith». Secondo Jonathan, Edgar Smith era davvero colpevole ma aveva diritto a tornare in libertà. Quattordici anni di prigione equivalevano a un ergastolo e nella sua macabra cella nel Braccio della Morte era ormai diventato un altro uomo.

Sedette alla massiccia scrivania e cercò nello schedario il grosso fascicolo ricevuto per posta il giorno prima. Sul frontespizio della cartella c'era scritto: CASO HARMON.

Sulla prima busta Kevin aveva appuntato un biglietto a mano, che diceva: «Jon, credo che qui ci sia pane per i tuoi denti. L'imputata è stata un bersaglio facilissimo per il procuratore distrettuale; persino suo marito è crollato sul banco dei testimoni finendo in pratica per accusarla davanti alla giuria. Se mai si rifacesse vivo il teste dell'accusa, le converrebbe raccontare al tribunale una storia più convincente di quella di allora. Alla Procura Distrettuale sanno dove vive adesso, ma non sono riuscito a farli parlare. Tutto quello che posso dirti è che si trova all'Est, da qualche parte».

Quando Jonathan aprì il fascicolo il cuore gli batteva più rapido, come sempre all'inizio di un caso particolarmente interessante. Non azzardava mai delle ipotesi prima di aver esaminato tutto il materiale disponibile, ma quel processo tenutosi sei o sette anni prima lo incuriosiva particolarmente. Ricordava che allora, solo a leggere le testimonianze, aveva formulato tanti interrogativi... e proprio su questi interrogativi intendeva concentrare ora la sua attenzione. L'impressione generale a proposito del caso Harmon era che Nancy Harmon non avesse detto tutto quello che sapeva sulla scomparsa dei suoi figli.

Aprì la cartella e mise sulla scrivania i vari fascicoli meticolosamente contrassegnati. C'erano delle fotografie di Nancy Harmon al processo: una bella donna, con i capelli lunghi fino alla vita. Al tempo del delitto, dicevano i giornali, aveva venticinque anni. Sembrava persino più giovane... non ne dimostrava nemmeno venti. Portava degli abiti da ragazzina... quasi da bambina... che certo contribuivano a rafforzare l'impressione generale. Probabilmente era stato il suo avvocato a consigliarle di apparire il più giovane possibile.

Strano, ma da quando aveva cominciato a pensare a questo capitolo gli era parso di aver già visto quella ragazza.

Fissò la foto che aveva sotto gli occhi. Ma certo! La ragazza assomigliava, da giovane, alla moglie di Ray Eldredge. Ecco perché gli sembrava di averla già vista. L'espressione era completamente diversa, ma se le due donne fossero state parenti sarebbe proprio stato il caso di dire che il mondo è ben piccolo.

Lesse la pagina dattiloscritta che riassumeva la vita di Nancy Harmon. Era nata in California e cresciuta nell'Ohio. Bastava questo a escludere che si trattasse di una parente stretta di Nancy Eldredge. I genitori della moglie di Ray Eldredge abitavano nella casa accanto a quella di Dorothy Prentiss, in Virginia.

Dorothy Prentiss. Al pensiero della bella donna che lavorava con Ray Eldredge, Jonathan sentì una fitta di piacere. Passava spesso dal loro ufficio verso le cinque, quando andava a comprare il quotidiano della sera, il *Globe* di Boston. Ray gli aveva consigliato parecchi investimenti terrieri che in seguito si erano rivelati degli ottimi affari. L'aveva anche convinto a prendere parte attiva alla vita politica della città e quindi avevano finito per diventare buoni amici.

Ma Jonathan sapeva di andare più del dovuto nell'ufficio di Ray, il quale lo accoglieva dicendo: «Arrivi giusto per un bicchierino di chiusura», e chiamava Dorothy perché si unisse a loro.

Emily adorava il daiquiri. Dorothy invece beveva sempre il drink preferito di Jonathan: Rob Roy con scorza di limone. Rimanevano seduti nell'ufficio di Ray per almeno mezz'ora.

Dorothy era dotata di un acuto senso dell'umorismo che a lui piaceva moltissimo. I suoi erano gente di teatro e lei aveva tutta una serie di storie da raccontare sui viaggi fatti in loro compagnia. Aveva tentato di fare l'attrice anche lei, ma dopo tre particine in teatri di periferia si era sposata ed era andata a stabilirsi in Virginia. Dopo la morte del marito era venuta a Cape Cod con l'intenzione di aprire un negozio d'arredamento, ma poi si era messa a lavorare con Ray. Ray diceva che Dorothy, come agente immobiliare, era «un portento»: riusciva a fare apprezzare alla gente qualsiasi posto, anche il più scadente e meno competitivo.

Negli ultimi tempi Jonathan aveva accarezzato sempre più spesso l'idea di invitarla fuori a cena. Le domeniche erano lunghe e, almeno un paio di volte, aveva cominciato a fare il suo numero di telefono, ma poi si era fermato. Non voleva crearsi complicazioni con una persona che vedeva di continuo. E poi non era ancora sicuro di lei: forse era troppo forte per il suo carattere. Emily era molto femminile e quegli anni passati con lei lo rendevano in certo senso impreparato allo scontro diretto con una donna terribilmente indipendente.

Dio santo, ma che cosa gli stava succedendo? Quel mattino si lasciava andare troppo facilmente alle fantasticherie. Non doveva più distrarsi dal caso Harmon.

Accese la pipa, prese il fascicolo e si appoggiò allo schienale della sedia. Cominciò con il primo pacco di fogli.

Passò un'ora e un quarto. Il silenzio era rotto solo dal ticchettio della pendola, dal vento che spirava sempre più forte tra i pini fuori della finestra e dagli occasionali sbuffi di incredibilità di Jonathan. Finalmente, con la fronte ancora aggrottata per la concentrazione, depose i fogli sulla scrivania e andò in cucina a prepararsi una tazza di caffè. Il processo Harmon puzzava d'imbroglio. In quel che aveva letto c'erano dei punti oscuri... come una corrente sotterranea che impedisse ai fatti di concatenarsi con una normale coerenza logica.

Entrò nella cucina immacolata e riempì a metà il bollitore dell'acqua. Accese il gas e andò alla porta d'ingresso. Trovò il *Cape Cod Community News* sul portico. Se lo infilò sotto il braccio e tornò in cucina, si preparò un caffè e lo sorseggiò sfogliando il giornale.

Arrivò a quella pagina mentre stava finendo il caffè. Rimase con la tazza a mezz'aria, gli occhi inchiodati sulla foto della moglie di Ray Eldredge.

Jonathan la riconobbe subito, e dovette ammettere con rincrescimento due altri fatti inconfutabili. Prima di tutto Dorothy gli aveva mentito, dicendogli di aver conosciuto Nancy bambina in Virginia; e poi lui, con la sua esperienza di avvocato alle spalle, avrebbe dovuto avere più fiducia nel proprio intuito. Inconsciamente, aveva infatti sempre sospettato che Nancy Harmon e Nancy Eldredge fossero la stessa persona.

7

AVEVA un gran freddo. E della sabbia in bocca. Sabbia: perché? Dov'era?

Sentiva Ray che la chiamava per nome. Era piegato su di lei e la cullava tra le braccia. «Nancy, che cosa è successo? Nancy, dove sono i bambini?»

Gli tremava la voce per la paura. Lei tentò di alzare una mano, ma la sentì ricadere inerte lungo il fianco. Cercò di parlare, ma le labbra non riuscirono a pronunciare una sola parola. Ray era lì, e lei non poteva nemmeno toccarlo.

Udì Dorothy che diceva: «Sollevala, Ray. Portiamola a casa. Ci serve aiuto per trovare i bambini».

I bambini. Bisognava trovarli. Nancy voleva dire a Ray di cercarli. Sentiva le sue labbra muoversi, ma inutilmente.

«Dio mio!» A Ray mancò la voce. Voleva dirgli: «Non pensare a me. Cerca i bambini». Ma non riuscì a parlare. Ray la sollevò da terra stringendola a sé. «Che cosa le sarà successo, Dorothy?» chiese. «Che cosa avrà?»

«Ray, dobbiamo chiamare la polizia.»

«La polizia!» Non voleva la polizia, Nancy lo capì dalla sua voce.

«Certo. Abbiamo bisogno di aiuto per trovare i bambini. Ray, sbrigati. Ogni minuto è prezioso. Non capisci? Ormai non puoi più proteggere Nancy. La riconosceranno tutti in quella fotografia.»

La fotografia. Nancy si rese conto che la trasportavano a braccia e, vagamente, si accorse di tremare. Ma non aveva importanza. Doveva pensare a quella foto, di lei con il completo di tweed marrone che aveva comprato dopo la revoca della condanna. L'avevano fatta uscire di prigione e riportata in tribunale. Ma non c'era stato un altro processo. Carl era morto e lo studente che aveva testimoniato contro di lei era sparito, e così l'avevano rimessa in libertà.

Ma il procuratore distrettuale le aveva detto: «Non creda che finisca qui. Dovessi metterci tutta la vita, troverò il modo di farla condannare». E sotto il peso di quelle parole lei era uscita dall'aula.

Poi, avuta l'autorizzazione a lasciare lo Stato, si era tagliata e tinta i capelli, e aveva comprato nuovi abiti. Aveva sempre detestato il genere di vestiti che a Carl piaceva vederle addosso, e quindi aveva scelto quel tailleur pantalone e un pullover marrone con il collo alto. Aveva ancora la giacca e i pantaloni: li aveva indossati anche la settimana prima. Un motivo in più per riconoscerla subito nella foto. La fotografia... dovevano avergliela scattata alla stazione dei pullman, ora ricordava.

Non se n'era accorta. Era partita con l'ultimo pullman della sera per Boston. Alla stazione c'era poca gente e le era parso che nessuno le prestasse la minima attenzione. E pensare che, allora, era convinta di potersene andare da qualche parte a rifarsi una nuova vita. Invece, per tutti quegli anni, qualcuno era rimasto in attesa di ricominciare con il passato.

Voglio morire, pensò. Voglio morire.

Ray camminava in fretta, cercando di ripararla dal freddo con la sua giacca. Il vento gelido le pungeva la carne sotto gli abiti bagnati. Non poteva proteggerla, nemmeno lui. Troppo tardi... forse era sempre stato troppo tardi. Peter e Lisa, Michael e Missy. Tutti spariti... Troppo tardi per tutti loro.

No. No. No. Michael e Missy. Erano lì fino a poco prima; stavano giocando sull'altalena. Il guantino era rimasto laggiù. Michael non lasciava mai sola Missy. Si prendeva tanta cura di lei. Come l'altra volta. L'altra volta. E li avrebbero trovati come avevano trovato Peter e Lisa: con le alghe e i pezzi di plastica sul viso e nei capelli, e sul corpo.

Dovevano essere arrivati a casa ora. Dorothy, aprendo la porta, disse: «Chiamo la polizia, Ray».

Nancy si sentì avvolgere dalle tenebre. Sprofondava, giù, sempre più in basso... No... no... no...

8

GUARDAVA eccitato quel movimento. Correvano tutti a destra e a sinistra, come formiche che avessero invaso la casa e il giardino. Si passò nervoso la lingua sulle labbra. Erano asciutte, mentre le altre parti del corpo, mani, piedi, ascelle e inguine, erano bagnate di sudore. Grosse gocce gli scorrevano dal collo giù per la schiena.

Appena arrivato nella grande casa, aveva portato i bambini nella stanza dove c'era il cannocchiale. Così li avrebbe tenuti d'occhio e, appena si fossero svegliati, avrebbe potuto parlare, e toccarli, finalmente.

Poteva anche fare un bagno alla bambina, e poi asciugarla con un accappatoio morbido, cospargerla di borotalco e baciarla. Aveva tutta la giornata per stare con loro. Tutta la giornata: la marea saliva solo alle sette di sera. E a quell'ora, con il buio, non ci sarebbe stato nessuno lì vicino che potesse vedere o sentire. E prima che il mare li restituisse sarebbero passati dei giorni. Come l'altra volta.

Avrebbe provato un piacere ancora più intenso ad accarezzarli ora, proprio mentre la loro madre doveva rispondere all'interrogatorio della polizia. «Che cosa ha fatto ai suoi figli?» le avrebbero chiesto.

Altre auto della polizia in colonna lungo il viale che portava alla casa. Ma non tutte si fermavano. Perché alcune proseguivano in direzione del Lago Maushop? Ma certo: avevano il sospetto che lei avesse portato laggiù i bambini.

Era incredibilmente soddisfatto. Da quella stanza poteva seguire gli avvenimenti senza correre il minimo rischio standosene comodo e al sicuro. Si chiese se Nancy stesse piangendo. Durante il processo non aveva mai pianto tranne alla fine, quando il giudice l'aveva condannata alla camera a gas. A quel punto era scoppiata in singhiozzi, che subito aveva cercato di soffocare portandosi le mani al viso. Gli agenti con un colpo secco le avevano chiuso le manette ai polsi, e i suoi lunghi capelli erano ricaduti sul viso disperato, rigato di lacrime, rivolto a quelle facce ostili.

Gli tornò in mente la prima volta che l'aveva vista al campus. Camminava, e lui si era sentito immediatamente attratto, da quei capelli biondo rame lunghi fino alle spalle e mossi dal vento, da quel viso delicato, da quei piccoli denti bianchissimi e da quei grandi occhi azzurri pieni di fascino, che fissavano seri da sotto le ciglia scure e folte.

Udì un singhiozzo. Nancy? No, di certo non poteva essere lei. Era la bambina, la figlia di Nancy. Staccò l'occhio dal cannocchiale voltandosi contrariato. Ma appena la guardò, si mise a sorridere. Belli quei riccioli umidi sulla fronte, quel nasino diritto, la sua carnagione fine...

la bambina assomigliava moltissimo a Nancy. Stava per svegliarsi e piagnucolava. Era tutto regolare: avevano perso conoscenza da quasi un'ora e l'effetto della droga stava cessando.

A malincuore si staccò dal cannocchiale. I bambini erano sdraiati alle due estremità del divano di velluto che odorava di muffa. Ora la bambina piangeva a dirotto. «Mamma... mamma.» Serrava le palpebre, piangendo. Ma aveva la bocca aperta... che bella linguetta rosa! Le lacrime le inondavano le guance.

La mise seduta e fece scorrere la lampo della giacca a vento. «Su, su», le disse con dolcezza. «Va tutto bene.»

Il bambino si mosse e si svegliò. Gli lesse negli occhi lo stesso stupore di prima nel giardino di casa sua. «Lei chi è?» chiese. Poi si stropicciò le palpebre, scosse la testa e si guardò attorno. «Dove siamo?»

Un bambino che sapeva esprimersi a dovere... che parlava molto bene... con una voce chiara e modulata. Perfetto. Con i bambini educati ci si intendeva meglio; non facevano scene. Essendo abituati a rispettare gli adulti, obbedivano più facilmente. Come gli altri due. Quel giorno l'avevano seguito senza batter ciglio. Era bastato dir loro che si trattava di uno scherzo alla mamma, e si erano inginocchiati nel baule della macchina senza fare domande.

«È uno scherzo», disse anche a quest'altro bambino. «Sono un vecchio amico della tua mamma, e questo è uno scherzo per il suo compleanno. Lo sapete, vero, che oggi è il suo compleanno?» Intanto, accarezzava la bambina. Era morbida e bella.

Michael pareva poco convinto. «A me questo scherzo non piace», ribatté deciso. Si alzò, reggendosi a stento in equilibrio, scostò le mani che accarezzavano Missy e la prese tra le braccia. «Non piangere, Missy», le disse tenero. «È solo uno scherzo stupido. Adesso andiamo a casa.»

Non sarebbe stato facile ingannarlo, era evidente. Aveva la stessa espressione sveglia e sincera di Ray Eldredge. «Noi non giochiamo con lei», protestò. «Vogliamo tornare a casa.»

Ma c'era un ottimo sistema per costringerlo a collaborare. «Lascia andare tua sorella», gli ordinò. «Qua, dalla a me.»

La strappò a forza dal bambino. Con la mano libera afferrò Michael per un polso e lo spinse verso la finestra. «Sai cos'è un cannocchiale?»

Michael annuì incerto. «Sì, è una cosa come gli occhiali di papà. Una cosa che ingrandisce gli oggetti.»

«Esatto. Sei molto intelligente. Adesso guarda qui dentro.» Il bambino accostò l'occhio alla lente. «E ora dimmi che cosa vedi... No, chiudi bene l'altro occhio.»

«Guardo verso casa mia.»

«Che cosa vedi laggiù?»

«Ci sono tantissime auto... auto della polizia. Che cosa è successo?» Gli tremò la voce per la paura.

Lui guardò felice quel visino preoccupato. Dalla finestra entrò un leggero sibilo. Fuori era cominciata a scendere la pioggia mista a nevischio. Il vento sbatteva contro i vetri i piccoli fiocchi fradici. Tra breve la visibilità si sarebbe ridotta al minimo, e anche con il cannocchiale si sarebbe potuto vedere poco o nulla. Ma sarebbe stato benissimo lo stesso con i bambini: aveva ancora tutto il pomeriggio a disposizione. E sapeva come domare il bambino. «Sai che cosa significa morire?» gli chiese.

«Significa andare da Dio», rispose Michael.

Lui annuì. «Precisamente. E questa mattina la tua mamma è andata da Dio. Ecco perché laggiù ci sono tutte quelle auto della polizia. Il tuo papà mi ha chiesto di tenervi un po' con me, e mi ha raccomandato di dirti di stare buono e di aiutarmi con la tua sorellina.»

Anche Michael pareva sul punto di scoppiare in lacrime. Con le labbra che gli tremavano mormorò: «Se la mia mamma è andata da Dio, io voglio andare con lei».

E lui, passando le dita tra i capelli di Michael e cullando Missy che continuava a piangere sommessa: «Ci andrai», gli disse. «Stasera. Te lo prometto.»

9

Le agenzie di stampa trasmisero per telescrivente i primi comunicati a mezzogiorno, in tempo per farli diffondere dai notiziari radiotelevisivi di tutte le reti del paese. Per i cronisti della radio e della televisione, sempre a caccia di notizie, era proprio quello che ci voleva; si affrettarono a far ricercare negli archivi le copie degli atti del processo Harmon.

Gli editori dei giornali noleggiarono degli aerei per spedire con la massima celerità a Cape Cod i migliori esperti di cronaca nera.

A San Francisco due viceprocuratori distrettuali avevano appena sentito il notiziario radio e uno dei due commentò: «Non l'ho forse sempre detto, io, che quella disgraziata era colpevole? E che mi ci sarei giocato la testa, come se l'avessi vista con i miei occhi ammazzare quei bambini? L'ho detto, sì o no? Se questa volta non la condannano giuro che chiedo un permesso e mi metto a setacciare tutto il globo alla ricerca di quel fesso di un Legler. E poi lo riporto qui io a deporre contro di lei».

A Boston il dottor Lendon Miles stava già assaporando l'ora del pranzo. La signora Markley se n'era appena andata. Dopo un anno di intensa terapia cominciava a trovare il suo equilibrio interiore. Pochi minuti prima era uscita in una strana considerazione. Mentre parlavano di un episodio accadutole all'età di quattordici anni aveva detto: «Si rende conto, dottore, che grazie a lei sto superando la mia adolescenza e mi ritrovo tutt'a un tratto con una vita nuova di zecca? Bel colpo, accidenti!» Qualche mese prima non aveva certo voglia di fare dello spirito.

Lendon Miles amava molto esercitare la sua professione. Per lui la mente umana era un fenomeno delicato e complesso, un mistero risolvibile solo attraverso una specie di impercettibili rivelazioni... che per gradi e con pazienza finivano per concatenarsi. Sospirò. Il paziente delle dieci era alle prime sedute analitiche e si era dimostrato ostile quanto mai.

Accese la radio accanto alla scrivania per sentire l'ultima parte del notiziario di mezzogiorno proprio mentre trasmettevano il comunicato.

L'ombra di un antico dolore gli oscurò il volto. Nancy Harmon... La figlia di Priscilla. Dopo quattordici anni ricordava ancora chiaramente Priscilla... la sua figura snella ed elegante, la testa eretta, il suo sorriso immediato, come argento vivo.

Aveva cominciato a lavorare per lui un anno dopo la morte di suo marito. Aveva trentotto anni, due meno di lui. Quasi subito aveva preso l'abitudine di portarla a cena fuori le sere che lavoravano fino a tardi, e presto si era accorto che, per la prima volta in vita sua, la prospettiva del matrimonio gli sembrava non solo logica ma persino necessaria. Prima di conoscere Priscilla il lavoro, lo studio, gli amici e la libertà gli erano bastati; non aveva mai incontrato nessuna donna che gli avesse fatto desiderare di cambiare il suo modo di vivere.

Un po' per volta lei gli aveva raccontato la sua storia. Si era sposata con un pilota civile dopo il primo anno di università e aveva una figlia. Il suo era stato un matrimonio felice; poi, nel corso di un viaggio in India, suo marito aveva contratto una polmonite virale ed era morto nel giro di ventiquattr'ore.

«Ho faticato parecchio a farmene una ragione», gli aveva detto Priscilla. «Dave aveva volato per più di un milione di chilometri. Era persino riuscito ad atterrare con un 707 nel corso di una bufera. E poi, quel terribile imprevisto... Non potevo convincermi che si potesse ancora morire di polmonite...»

Lendon non aveva mai visto la figlia di Priscilla. Era andata a studiare a San Francisco poco dopo che lei aveva cominciato a lavorare per lui. Priscilla gli aveva spiegato i motivi che l'avevano spinta a mandarla tanto lontano. «Cresceva troppo attaccata a me.» Era preoccupata per questo. «La morte di Dave l'ha sconvolta profondamente. È giovane e io voglio che si diverta e stia lontana dalla tristezza di casa nostra. Io avevo studiato ad Auberley, e lì avevo conosciuto Dave. Poi c'ero tornata per delle riunioni e Nancy era venuta con me, quindi conosceva già il posto.»

In novembre Priscilla si era presa due giorni di vacanza per andare da Nancy. Lendon l'aveva accompagnata in macchina all'aeroporto. Erano rimasti qualche minuto in attesa che chiamassero il suo volo. «Inutile dirti che sentirò terribilmente la tua mancanza», le aveva detto lui.

Priscilla indossava un cappotto di renna marrone che metteva in risalto la sua bionda bellezza aristocratica. «Lo spero», aveva risposto con uno sguardo preoccupato. «Sono in pensiero per lei», aveva aggiunto. «Mi è sembrata talmente depressa nelle ultime lettere. E ho una paura da morire. Ti è mai capitato di avere l'impressione che una sciagura incomba su di te?»

Vedendo che lui la fissava sconcertato era scoppiata a ridere, e Lendon con lei. «Capisci, vero, perché non te ne ho mai parlato?» gli aveva detto. «Sapevo che mi avresti presa per pazza.»

«Invece la mia professione mi ha insegnato a tener conto dei presentimenti, solo che io li chiamo intuizioni. Ma perché non mi hai detto che eri così agitata? Ti avrei potuto accompagnare. Mi dispiace soltanto di non aver conosciuto Nancy prima che partisse.»

«Oh, no, probabilmente sono io che mi comporto da madre chioccia. Comunque, appena torno sfrutterò il tuo cervello.» E le loro dita si erano intrecciate.

«Stai tranquilla. Tutti i ragazzi hanno delle crisi che poi superano. Ma nel caso ci fossero dei problemi seri ti raggiungerò per il fine settimana, se mi vorrai.»

«Non voglio disturbarti...»

Dall'altoparlante arrivò una voce impersonale. «Volo 569 in partenza per San Francisco...»

«Priscilla, in nome del cielo, lo capisci che ti amo?»

«Ne sono felice... credo... so... di amarti anch'io.»

Era stato il loro ultimo istante insieme. Un inizio... una promessa d'amore. Lei gli aveva telefonato la sera dopo, per dirgli che era preoccupata e aveva bisogno di parlargli. Era fuori a cena con Nancy, ma l'avrebbe richiamato appena rientrata in albergo, se lui era in casa.

Aveva atteso tutta la notte. Ma lei non aveva telefonato. Non era mai tornata in albergo. Seppe dell'incidente il giorno dopo. Lo sterzo della macchina che aveva preso a noleggio si era bloccato ed era finita fuori strada, in un fossato.

Lendon voleva andare da Nancy, ma quando finalmente era riuscito a trovare il suo indirizzo e le aveva telefonato, gli aveva risposto Carl Harmon, il professore universitario. E gli aveva annunciato che lui e Nancy stavano per sposarsi. Gli era sembrata una persona perfettamente capace e responsabile. Nancy non sarebbe tornata nell'Ohio. Avevano informato sua madre delle loro intenzioni quella sera a cena; la signora Kiernan aveva fatto notare con una certa apprensione che Nancy era molto giovane per sposarsi, ma questo era naturale da parte di una madre. L'avrebbero sepolta lì, accanto al marito: la loro famiglia, in fin dei conti, era vissuta in California per tre generazioni, e anche Nancy c'era stata da bambina. La ragazza aveva dimostrato una grande forza d'animo. E lui pensava che la soluzione migliore fosse di sposarsi in forma strettamente privata al più presto, così Nancy non sarebbe rimasta sola.

Lendon non aveva potuto fare altro. Se avesse detto a Nancy che lui e sua madre si erano innamorati, nel migliore dei casi avrebbe avuto da lei solo del risentimento. Quel professore Harmon sembrava una brava persona e sicuramente l'agitazione di Priscilla era dovuta al fatto che Nancy aveva solo diciotto anni, un po' pochi per sposarsi. Ma lui, Lendon, non poteva intromettersi nelle loro decisioni.

In seguito aveva accettato volentieri la cattedra all'Università di Londra. Del processo Harmon aveva saputo solo al suo ritorno negli Stati Uniti, quando si era già concluso.

All'Università di Londra aveva conosciuto Allison. Insegnava lì anche lei e il bisogno di comunicazione che aveva cominciato ad avvertire con Priscilla gli aveva impedito di tornare alla sua vita ordinata, solitaria ed egoista. Si era chiesto più di una volta dove potesse essere finita Nancy Harmon. Viveva a Boston da due anni e scopriva soltanto ora che lei era appena a un'ora e mezzo di distanza. Forse finalmente gli si presentava la possibilità di fare per Priscilla quello che non gli era riuscito in passato.

Il telefono squillò. Un attimo dopo si accese la luce della derivazione. «La signora Miles al telefono, dottore», gli disse la sua segretaria.

Allison era preoccupata. «Caro, hai sentito della ragazza Harmon?»

«Sì.» Aveva parlato di Priscilla ad Allison.

«Cosa intendi fare?»

Quella domanda confermò la sua decisione. «Quello che avrei dovuto fare anni fa. Voglio aiutare quella ragazza. Ti chiamerò appena possibile.»

«Dio ti benedica, caro.»

All'interfono Lendon disse sbrigativo alla segretaria: «Preghi il dottor Markus di occuparsi dei miei appuntamenti del pomeriggio, per favore. Gli dica che è un caso d'emergenza e annulli la mia lezione delle quattro. Parto immediatamente per Cape Cod».

10

«Stanno dragando il lago, Ray. La radio e la televisione hanno trasmesso la notizia e siamo in attesa di rinforzi per le ricerche.» Jed Coffin, il capo della polizia di Adams Port, cercò di parlare con il tono rassicurante che avrebbe usato normalmente nel caso di due bambini scomparsi da casa.

Ma anche di fronte all'angoscia dello sguardo di Ray e al suo volto pallido e sfinito, gli era difficile mostrarsi sollecito e incoraggiante. Ray l'aveva ingannato: presentandogli sua moglie, gli aveva detto che veniva dalla Virginia e che era amica di Dorothy Prentiss. L'aveva raggirato con una serie di menzogne. E lui non solo non se n'era accorto, ma non aveva mai avuto neppure il minimo sospetto. Questa probabilmente era la vera causa della sua irritazione: il fatto di non essere mai stato sfiorato da un sospetto.

Per il capo della polizia quello che era accaduto non lasciava dubbi. La donna aveva letto l'articolo che la riguardava sul giornale, aveva capito che tutti avrebbero saputo e aveva perso la testa. Aveva infierito su quei poveri bambini esattamente come aveva fatto con gli altri. Osservando attentamente Ray, si convinse che anche lui la pensava allo stesso modo.

Nel camino c'erano ancora i pezzetti di giornale, carbonizzati. Il comandante si accorse che Ray li stava fissando. I margini delle pagine non bruciate erano talmente irregolari che a strapparle poteva essere stata soltanto una mano folle.

«Il dottor Smathers è ancora di sopra con lei?» Senza volere, si era espresso con poco riguardo. Non gli era mai capitato prima di riferirsi a Nancy senza chiamarla «la signora Eldredge».

«Sì. Le farà un'iniezione che la calmi senza addormentarla. Bisogna che parli. Dio mio!»

Ray si sedette, nascondendosi la faccia tra le mani. Solo qualche ora prima Nancy era seduta sulla stessa sedia con Missy in grembo, e Michael le chiedeva: «È davvero il tuo compleanno, mamma?» Che avesse scatenato qualcosa in lei proponendole di festeggiarlo?... E poi l'articolo sul giornale. Che avesse?...

«No!» Ray alzò gli occhi e sbatté le palpebre, distogliendo lo sguardo dall'agente di guardia alla porta di servizio.

«Cosa c'è?» gli chiese il comandante Coffin.

«Nancy non può aver fatto del male ai bambini. Qualunque cosa sia successa, non è stata lei.»

«Certo, in condizioni normali, sua moglie non avrebbe fatto del male a nessuno. Ma ho visto delle donne perdere completamente il controllo dei propri nervi, e si sa come è finita...»

Ray si alzò. Si aggrappò con le mani al bordo del tavolo, guardando oltre Coffin, senza neppure più considerarlo. «Ho bisogno di aiuto», proruppe. «Di un aiuto concreto.»

Il locale era immerso nel caos. La polizia aveva perquisito velocemente la casa prima di concentrare i suoi sforzi nelle ricerche esterne. In cucina c'era ancora un fotografo al lavoro. La caffettiera rovesciata aveva sparso il caffè sul fornello e sul pavimento. Il telefono squillava incessantemente. A ogni chiamata il poliziotto di guardia rispondeva: «Il capo rilascerà una dichiarazione più tardi».

Questa volta il poliziotto si avvicinò al tavolo. «Era l'Associated Press», disse. «Le agenzie stampa sono informate. Tra un'ora saremo presi d'assalto.»

I giornalisti! Ray ripensò allo sguardo da animale braccato che solo lentamente con il tempo era scomparso dagli occhi di Nancy.

Ricordò la sua foto sul giornale del mattino, con la mano alzata come per ripararsi da dei colpi. Spinse da parte il capo della polizia e salì di corsa al piano superiore. Spalancò la porta della loro camera. Il medico era seduto accanto a Nancy, e le teneva le mani tra le sue. «Nancy, ascoltami», le stava dicendo. «So che mi senti. Ray è qui. È in pena per te. Parlagli, Nancy.»

Lei teneva gli occhi chiusi. Con l'aiuto di Dorothy era riuscito a sfilarle di dosso gli abiti bagnati e a metterle una vaporosa vestaglia di lana gialla in cui sembrava perdersi, piccola e indifesa, quasi come una bambina.

Ray si chinò su di lei. «Tesoro, ti prego. Devi aiutare

i bambini. Dobbiamo trovarli. Hanno bisogno di te. Fai uno sforzo, Nancy, per favore. Fai uno sforzo.»

«Ray, io lascerei perdere», gli consigliò il dottor Smathers. Il suo volto rugoso ed espressivo era contratto dalla preoccupazione. «Ha subìto un shock tremendo, o per quell'articolo o per qualche altra causa. E ora la sua mente lotta per superarlo.»

«Ma dobbiamo sapere che cosa è successo», insisté Ray, deciso. «Potrebbe aver visto chi ha rapito i bambini. Nancy, lo so, lo capisco. Non preoccuparti per il giornale, affronteremo insieme la situazione. Ma, tesoro, vuoi dirmi dove sono i bambini? Devi aiutarci a trovarli. Credi siano al lago?»

Nancy rabbrividì. Un urlo strozzato le uscì dalla gola. Le labbra si mossero finalmente: «Trovali... trovali».

«Li troveremo. Ma ci serve il tuo aiuto. Ti prego, amore. Adesso mettiti a sedere. Avanti, ce la puoi fare.»

Ray si chinò e la prese tra le braccia. Vide che aveva un'escoriazione sul viso, prodotta dalla sabbia. E aveva della sabbia anche nei capelli. Perché? E se?...

«Le ho fatto un'iniezione», disse il medico. «Dovrebbe calmarsi senza perdere conoscenza.»

Si sentiva pesante e confusa. Come si era sentita per tanto tempo, dopo la morte di sua madre... o forse anche prima; così inerme, così arrendevole... incapace di decidere, di muoversi e persino di parlare. Quante volte, la sera, le si chiudevano gli occhi, come incollati, talmente pesanti, stanchi. Carl era stato tanto paziente. Aveva fatto di tutto per lei. E lei si ripeteva sempre che doveva farsi forza, che doveva vincere quell'orribile letargo, senza mai riuscirci.

Ma da allora era passato tanto tempo. Non aveva più ripensato a quel periodo, a Carl, ai bambini, a Robert Legler, il bel giovanotto che sembrava carino con lei, che la faceva ridere. I bambini erano felici con lui, allegri. L'aveva creduto un amico. E invece, sul banco dei testimoni, l'aveva sentito dichiarare: «La signora Harmon mi disse che i bambini sarebbero stati eliminati. Sì, disse proprio queste parole, quattro giorni prima della loro scomparsa».

«Nancy, ti prego. Nancy. Perché sei andata al lago?»

Udì il proprio gemito soffocato. Il lago. Che i bambini fossero andati al lago? Doveva cercarli.

Poi sentì Ray che la sollevava di peso, e lei gli si abbandonò, ma subito dopo cercò di costringere il suo corpo a rimanere seduto. Sarebbe stato molto più facile lasciarsi andare, scivolare nel sonno come aveva fatto tante volte.

«Ecco. Ecco, così va bene, Nancy.» Ray guardò il medico. «Non credi che una tazza di caffè?...»

Il medico fece un cenno d'assenso. «Chiedo a Dorothy di prepararlo.»

Caffè. Stava scaldando il caffè quando aveva visto la sua foto sul giornale. Nancy aprì gli occhi. «Ray», bisbigliò. «Lo sapranno. Lo sapranno tutti. Non si può più tenerlo nascosto... non si può più tenerlo nascosto.» Ma c'era di più. «I bambini.» Gli afferrò il braccio. «Ray, trovali... trova i miei bambini.»

«Forza, tesoro. È proprio per questo che ci serve il tuo aiuto. Devi parlare, Nancy. Devi dirci tutto. Reagisci, torna in te almeno per qualche istante.»

Dorothy arrivò con una tazza fumante. «Come sta?»

«Si sta riprendendo.»

«Il capo della polizia vorrebbe interrogarla.»

«Ray!» In preda al panico, Nancy si aggrappò al braccio di Ray.

«Cara, non potevamo cercare da soli i bambini. Stai tranquilla.»

Bevve il caffè avidamente, sentendo con piacere il calore sciogliersi nel suo corpo mentre lo inghiottiva. Se solo fosse riuscita a pensare... a svegliarsi... a vincere quel torpore tremendo.

La voce. Adesso poteva parlare. Aveva le labbra gommose, aride, spesse come spugne. Ma doveva parlare... doveva aiutarli a trovare i bambini. E poi voleva scendere a pianterreno. Non doveva rimanere di sopra... come l'altra volta ad aspettare nella sua camera... incapace di scendere di sotto... di affrontare la gente... i poliziotti... le mogli dei professori... Avete dei parenti?... Dobbiamo avvisare qualcuno?... Nessuno... nessuno... nessuno...

Reggendosi al braccio di Ray tentò di alzarsi. Ray. Ora aveva il suo braccio a cui sostenersi. I figli di Ray. I figli di Ray.

«Ray, io non ho fatto niente ai bambini...»

«Lo so, cara.»

Quel tono troppo rassicurante... sconvolto. Ma era logico. Si stava certo chiedendo perché lei tentasse di discolparsi. Una buona madre non fa mai del male ai suoi figli. Perché aveva detto quella frase?...

Con uno sforzo estremo raggiunse a tentoni la porta. Ray la teneva stretta alla vita, aiutandola a muovere i passi. Ma lei non sentiva i piedi, era come se non esistessero. Lei stessa non esisteva. Si trattava soltanto di uno dei suoi soliti incubi. Tra qualche minuto si sarebbe svegliata, come le capitava tante notti, e sarebbe scivolata fuori dal letto per andare a coprire Michael e Missy, poi sarebbe tornata a coricarsi, piano piano per non svegliare Ray. Lui, sempre dormendo, avrebbe allungato il braccio stringendola a sé, e nel suo tepore avrebbe ritrovato la calma e il sonno.

Cominciarono a scendere le scale. Quanti poliziotti. E tutti con gli occhi alzati a guardare loro... stranamente immobili... sospesi nel tempo.

Il comandante Coffin era seduto al tavolo da pranzo. Lo sentiva ostile... come il suo collega dell'altra volta.

«Come sta, signora Eldredge?»

Una domanda di circostanza, non dettata da sincero interesse. Senza Ray presente, non si sarebbe certo preso il disturbo di farla.

«Bene.» Quell'uomo non le era mai piaciuto.

«Stiamo cercando i bambini. Sono sicuro che li troveremo presto. Ma lei deve aiutarci. Quando ha visto i bambini per l'ultima volta?»

«Qualche minuto prima delle dieci. Li ho fatti uscire in giardino e sono salita a rifare i letti.»

«Quanto tempo è rimasta di sopra?»

«Dieci minuti... un quarto d'ora al massimo.»

«E poi che cosa ha fatto?»

«Sono scesa. Dovevo avviare la lavatrice, poi avrei chiamato i bambini. Intanto è arrivato il ragazzo dei giornali.»

«Gli ha parlato?»

«No. L'ho visto che spariva dietro la curva.»

«Capisco. E poi?»

«Sono tornata in cucina. Ho acceso il gas sotto la caffettiera che era ancora tiepida, e mi sono messa a sfogliare il giornale.»

«Come ha reagito vedendo l'articolo che la riguardava?»

«Credo di avere urlato... non so...»

«E la caffettiera?»

«Le ho dato un colpo... il caffè si è rovesciato dappertutto. Mi sono bruciata la mano.»

«Perché ha dato un colpo alla caffettiera?»

«Non lo so. Non l'ho fatto di proposito. Certo, mi è sembrato di impazzire. Mi sono rivista gli occhi della gente puntati addosso. La gente che mi fissava bisbigliando, e diceva che avevo ucciso i miei figli. Michael non doveva vedere quel giornale: l'ho preso e sono corsa al camino. Ho acceso un fiammifero e ho dato fuoco al giornale... ha cominciato a bruciare... e io ho sentito che dovevo andare da Michael e da Missy, che dovevo proteggerli. Come l'altra volta. Quando scomparvero gli altri miei bambini. Mi sono precipitata in giardino, terrorizzata.»

«Ecco, questo è un punto importante. Ha visto i bambini?»

«No. Non c'erano più. Li ho chiamati. Poi sono corsa al lago.»

«Signora Eldredge, questo è importantissimo. Perché è andata al lago? Perché non li ha cercati sulla strada, nel bosco o magari in città? Potevano essere scappati per andare a comprarle un regalo, no? Perché proprio al lago?»

«Perché avevo paura. Perché Peter e Lisa erano morti affogati. Perché dovevo trovare Michael e Missy. Il guantino di Missy era rimasto impigliato nella catena dell'altalena. Lei perde sempre i guantini. Sono corsa al lago. Dovevo raggiungere i bambini. Altrimenti sarebbe successo come l'altra volta... quei visini bagnati e gonfi... e loro che non potevano più parlare...» Le mancò la voce.

Il capo della polizia raddrizzò il busto e assunse un tono ufficiale. «Signora Eldredge», disse. «Ho il dovere di informarla che ha diritto di consultare un avvocato prima di rispondere ad altre domande e che qualunque cosa dirà d'ora in poi potrà essere usata contro di lei.»

Senza attendere una risposta si alzò, attraversò la cucina e uscì dalla porta di servizio. Un'auto con un poliziotto al volante era ferma sul viale dietro la casa. Leggeri fiocchi di nevischio gli turbinarono sul viso e sui capelli. Mentre saliva in macchina il vento sbatté la portiera imprigionandogli una caviglia. Con una smorfia di dolore mugolò: «Al lago».

Se il tempo peggiorava, restavano poche speranze di poter proseguire nelle ricerche. Era solo mezzogiorno ma pareva notte, tanto era buio. Già in condizioni ideali dragare quel lago era un vero problema. Il Maushop era uno dei più grandi, profondi e insidiosi di tutta la zona. E infatti la gente continuava ad annegarci. Si camminava tranquilli con l'acqua alla vita e, un passo più in là, diventava profondo due metri. Se quei bambini erano annegati là dentro, i loro cadaveri non sarebbero tornati a galla fino a primavera. La temperatura si stava rapidamente abbassando e nel giro di pochi giorni sul lago si sarebbe potuto pattinare.

La spiaggia, di solito deserta in quel periodo, era gremita di gente riunita in capannelli che osservava in silenzio la zona cintata in cui operavano i palombari e gli agenti.

Il comandante Coffin scese dall'auto con un balzo e corse sulla sabbia direttamente da Pete Regan, il tenente incaricato di sovrintendere alle operazioni. Ma Regan, eloquentemente, si strinse nelle spalle prima ancora che lui gli rivolgesse la domanda.

Curvo nel suo cappotto, il comandante pestò sulla sabbia i piedi fradici. Chissà se Nancy Eldredge aveva gettato là dentro i suoi figli. Ora tutti quegli uomini stavano rischiando la vita per causa sua. Solo il Signore poteva sapere dove e quando avrebbero ritrovato quei poveri bambini. Cose da pazzi... un particolare tecnico... e un'assassina riesce a cavarsela grazie a un incosciente di avvocato che trova due giudici dal cuore tenero pronti ad annullare una sentenza per un vizio di procedura.

Furibondo, urlò il nome di Regan.

Pete si voltò di scatto. «Signore?»

«Per quanto tempo ancora pensano di immergersi quei ragazzi?»

«Questa è la terza volta: un'altra, e poi cambieranno zona.» Gli indicò le telecamere. «A quanto pare stasera faremo notizia. Dovrà preparare una dichiarazione.»

Coffin frugò nelle tasche del cappotto con le dita intirizzite. «L'ho già buttata giù.» Lesse rapidamente: «È in corso una massiccia opera di ricerca dei bambini Eldredge. Gruppi di volontari battono i dintorni di casa

Eldredge e i boschi circostanti. Gli elicotteri stanno effettuando una ricognizione aerea. Le ricerche nel Lago Maushop, data la sua prossimità con la casa, rientrano nella prassi normale.»

Ma qualche minuto dopo, mentre consegnava la dichiarazione al gruppo sempre più folto di giornalisti, si sentì chiedere da uno di loro: «E vero che Nancy Eldredge è stata vista qui al Lago Maushop, stamattina dopo la scomparsa dei bambini? E che era bagnata fradicia e in preda a una crisi isterica?»

«È vero.»

Un cronista magro con gli occhi pungenti, che Coffin conosceva e che lavorava per un canale televisivo di Boston, gli domandò: «Considerato questo fatto e la tragedia che ha alle spalle, le ricerche nel lago non assumono un altro significato?»

«Non trascuriamo nessuna possibilità.»

Ormai le domande si susseguivano veloci, i giornalisti se le strappavano di bocca. «Sulla base della tragedia di sette anni fa, la scomparsa di questi bambini non suscita sospetti?»

«A questa domanda non posso rispondere. La signora Eldredge ha dei diritti che devono essere rispettati.»

«Quando la interrogherà?»

«Appena possibile.»

«La signora Eldredge era al corrente dell'articolo su di lei comparso nel giornale di stamattina?»

«Credo di sì.»

«Qual è stata la sua reazione?»

«Non posso dirlo.»

«È vero che quasi tutta la gente di qui ignorava il passato della signora Eldredge?»

«È vero.»

«E lei che è capo della polizia, conosceva la sua vera identità?»

«No. Non la sapevo.» E poi, a denti stretti: «Basta così». Ma prima che avesse il tempo di andarsene, arrivò un'ultima domanda. Un cronista del *Boston Herald* gli sbarrò la strada. E, di colpo, tutti i suoi colleghi si bloccarono sentendolo chiedere distintamente: «Signore, in questi ultimi sei anni ci sono stati parecchi omicidi a Cape Cod e nei dintorni dei quali non si è mai trovato il responsabile, vero?»

«Sì, è vero.»

«Bene, e da quanto tempo Nancy Eldredge abita a Cape Cod?»

«Da sei anni, mi pare.»

«Grazie, capo.»

11

JONATHAN Knowles non aveva fatto caso a quanto tempo era passato. E nemmeno al movimento nella zona del Lago Maushop. Nel suo subconscio aveva notato, in effetti, che il traffico sulla strada era più intenso del solito, ma siccome lo studio si trovava nel retro della casa, i rumori gli arrivavano attutiti.

Superato lo shock iniziale per la scoperta che Nancy Eldredge era la famosa Nancy Harmon, si era preparato un'altra tazza di caffè ed era tornato alla scrivania. Aveva deciso di rispettare il suo programma di lavoro, e di studiare il caso Harmon come tutti gli altri. Se si fosse accorto che il fatto di conoscere personalmente Nancy Harmon gli impediva di scrivere con obiettività su di lei, avrebbe eliminato dal libro quel capitolo, punto e basta.

Cominciò il suo lavoro di ricerca leggendosi con la massima cura l'articolo esplosivo pubblicato sul giornale di Cape Cod. Con un'abbondanza spietata di particolari che miravano insidiosamente a inorridire i lettori, vi era descritta la vita di Nancy Harmon, giovane moglie di un professore universitario... madre di due bambini... che abitava al campus dell'università. Un'esistenza ideale, la sua, fino al giorno in cui il professor Harmon le aveva mandato a casa uno dei suoi studenti per riparare il bruciatore della caldaia. Lo studente era un bel ragazzo, disinvolto e con una certa esperienza in fatto di donne. E Nancy – che allora aveva venticinque anni – aveva perso la testa per lui.

Nell'articolo erano riportati alcuni brani delle deposizioni rese in tribunale. Lo studente, Rob Legler, spiegava come aveva conosciuto Nancy. «Mi trovavo nello studio del professor Harmon quando sua moglie gli telefonò per dirgli che il bruciatore si era guastato. Io so risolvere qualsiasi problema di meccanica, e così mi offrii di ripararlo di persona. Il professore dapprima rifiutò la mia proposta ma poi, non riuscendo a chiamare quelli della manutenzione, finì per accettarla. Non poteva certo lasciare la casa al freddo.»

«Le disse qualcosa della sua famiglia?» gli aveva chiesto uno degli avvocati dell'accusa.

«Sì. Mi disse che sua moglie non stava bene e che non dovevo disturbarla, e se avessi avuto bisogno di qualcosa dovevo telefonare a lui.»

«E lei seguì le istruzioni del professor Harmon?»

«L'avrei fatto, signore, se non mi fossi trovato sua moglie attaccata ai pantaloni come un cagnolino.»

«Obiezione! Obiezione!» Ma l'avvocato della difesa era intervenuto troppo tardi. Ormai il punto era segnato. E, in seguito, lo studente non aveva fatto che aggravare la posizione di Nancy. Gli era stato chiesto se aveva avuto «contatti fisici» con la signora Harmon.

Aveva risposto senz'ombra d'esitazione: «Sì, signore».

«Come avvenne?»

«Le stavo mostrando l'interruttore d'emergenza del bruciatore. Il bruciatore era di un vecchio modello, ad aria calda, e il guasto dipendeva proprio dall'interruttore.»

«Ma il professor Harmon non le aveva raccomandato di non disturbare sua moglie, di non chiederle né spiegarle niente?»

«Sì, ma lei aveva insistito. Disse che voleva sapere come funzionavano le cose che aveva in casa. Ecco perché le mostrai l'interruttore. E mentre lei tentava di girarlo mi si appoggiò contro e io... be', mi dissi, perché no?... e mi ci buttai.»

«E la signora come reagì?»

«Bene, bene, glielo garantisco.»

«Le dispiace spiegare nei particolari quel che accadde?»

«Non è che accadde proprio qualcosa. Perché, di concreto, ci fu ben poco. Ma a lei piaceva, accidenti. La presi, la voltai e la baciai... dopo un istante si scostò, ma non ne aveva nessuna voglia.»

«E poi?»

«Le dissi qualcosa, non ricordo, che era molto carina...»

«E la signora Harmon come reagì?»

«Si limitò a guardarmi e disse... quasi come se non stesse parlando a me... disse: 'Devo andare'. Io non volevo certo mettermi nei guai. Insomma, non intendevo far niente per cui potessero buttarmi fuori a calci dall'università facendomi finire sotto le armi. Frequentavo l'università proprio per evitare il militare. E così dissi: 'Senta, signora Harmon'... ma poi decisi che potevo anche darle del tu, e così dissi: 'Senti, Nancy, non creiamoci dei problemi. Possiamo certo trovare un modo per vederci senza destare sospetti. Tu non puoi andartene da qui... hai i bambini'.»

«E la signora Harmon come prese queste parole?»

«Be', stranamente. Proprio in quel momento il bambino... Peter... scese dalle scale. La stava cercando. Era un bambino davvero tranquillo... non disse nemmeno 'bah'. Ma lei, come impazzita, ripeté: 'I bambini...' e poi con una specie di risatina: 'Ma li elimineremo'.»

«Signor Legler, la frase che lei ha citato è di importanza capitale. È proprio sicuro che la signora Harmon abbia detto queste parole?»

«Sissignore, sicurissimo. Non credetti alle mie orecchie. Ecco perché non mi posso sbagliare. Naturalmente, però, sentendo una cosa del genere, non si pensa che sia detta sul serio.»

«Che giorno era?»

«Il 13 novembre. Lo so perché quando tornai dal professore, lui volle darmi a tutti i costi un assegno per la riparazione del bruciatore.»

«Il 13 novembre... e quattro giorni dopo i bambini Harmon sono scomparsi dall'auto della madre, e sono stati ritrovati sulla spiaggia della Baia di San Francisco, restituiti dal mare, con le teste infilate in sacchetti di plastica. Eliminati, insomma.»

«Precisamente.»

L'avvocato della difesa aveva cercato di ridurre l'impressione suscitata da quella storia. «Sono continuate le vostre effusioni con la signora Harmon?»

«No. Salì al piano superiore con i bambini.»

«Quindi, abbiamo solo la vostra parola sul fatto che gradisse il bacio a cui l'avevate costretta.»

«Mi creda, so riconoscere una che ci sta.»

E Nancy, interrogata sullo stesso episodio, aveva risposto sotto giuramento: «Sì, mi ha baciato. Sì, credo di essermi resa conto che stava per baciarmi, e l'ho lasciato fare».

«Ricorda anche di aver detto che i suoi figli sarebbero stati eliminati?»

«Sì.»

«Che cosa intendeva dire con quelle parole?»

Stando all'articolo, Nancy si era limitata a guardare oltre il suo avvocato, fissando con occhi vacui le facce presenti in aula. «Non lo so», aveva risposto, con voce trasognata.

Jonathan scosse la testa e imprecò tra i denti. Non avrebbero dovuto permettere a quella ragazza di deporre. Non aveva fatto che peggiorare la sua posizione. Continuò a leggere l'articolo e, quando arrivò alla descrizione del ritrovamento dei due cadaveri, trasalì. Poveri bambini, restituiti dal mare dopo due settimane e a ottanta chilometri di distanza l'uno dall'altra. I loro corpi erano orrendamente gonfi, coperti di alghe, e la bambina era stata anche selvaggiamente mutilata, probabilmente dai morsi degli squali, mentre i loro golfini rossi con il disegno bianco avevano conservato miracolosamente il colore, coprendo parzialmente i due cadaveri.

Terminato l'articolo, Jonathan passò a esaminare il voluminoso dossier che Kevin gli aveva spedito. Si appoggiò allo schienale della sedia e cominciò dal primo ritaglio di giornale: annunciava a caratteri cubitali la scomparsa dei bambini Harmon dall'auto della madre scesa a far spese. C'erano ingrandimenti di istantanee sfocate dei due bambini, una descrizione particolareggiatissima dei loro dati antropometrici e degli abiti che indossavano, insieme con la raccomandazione a chiunque potesse fornire informazioni di telefonare a un certo numero.

Jonathan, esperto in quel genere di lavoro, lesse rapidamente l'articolo assimilando dati e sottolineando gli elementi di maggior interesse da riprendere in seguito. Appena vide i verbali del processo, capì perché Kevin aveva definito Nancy Harmon un bersaglio facilissimo per il procuratore distrettuale. La ragazza pareva completamente fuori di sé. Con la sua deposizione si era arresa incondizionatamente al procuratore distrettuale, senza la minima lotta, e anche quando si proclamava innocente risultava meccanica e fredda.

Perché? Jonathan non sapeva spiegarselo. Dava l'impressione di non volersi salvare. A un certo punto era persino arrivata a gridare al marito dal banco degli imputati «Oh, Carl, potrai mai perdonarmi?»

Le rughe sulla fronte di Jonathan si fecero più profonde: qualche ora prima, passando davanti alla casa degli Eldredge e vedendo di sfuggita quella giovane famiglia riunita attorno alla tavola per la prima colazione, li aveva invidiati e si era sentito solo. Adesso la loro vita era a pezzi. Non sarebbero potuti rimanere in una cittadina su un'isola come Cape Cod sapendo che, dovunque andassero, la gente li avrebbe segnati a dito sparlando di loro. Tutti avrebbero riconosciuto Nancy in quella fotografia. Persino lui ricordava di averle visto addosso quel completo di tweed, e di recente anche.

All'improvviso rammentò quando era stato. Al *Lowery's Market*. Aveva incontrato Nancy mentre facevano la spesa, e si erano fermati a parlare qualche minuto. Si era complimentato con lei per il suo abito, dicendole che, secondo lui, non esisteva niente di meglio di un buon tweed, quand'era di pura lana naturalmente, e non di quelle fibre sintetiche mollicce e scolorite. Nancy era molto carina. Si era annodata al collo una sciarpa gialla che richiamava le screziature gialle del tessuto prevalentemente marrone e color ruggine. Gli aveva sorriso. Un sorriso cordiale e caldo. Aveva con sé i bambini – bei bambini educati, tutti e due. Poi il maschio aveva detto: «Prendo io i corn flakes, mamma», e mentre allungava il braccio aveva fatto crollare una piramide di lattine di zuppa.

Al fracasso erano accorsi tutti i presenti. Lowery compreso, un individuo arcigno e antipatico. Molte giovani madri, in un caso simile, si sarebbero sentite in imbarazzo e avrebbero rimproverato severamente il proprio figlio. Jonathan era rimasto incantato sentendo Nancy dire invece: «Ci scusi, signor Lowery. È stato un incidente. Rimediamo subito».

Subito dopo si era rivolta al bambino, spaventato e

spiaciuto. «Non preoccuparti, Mike», gli aveva detto. «Avanti. Rimettiamole a posto.»

Jonathan li aveva aiutati, dopo aver rivolto uno sguardo minaccioso al signor Lowery che neanche a dirlo stava per sbottare in qualche acido commento. Era veramente difficile credere che sette anni prima una donna così avesse ucciso deliberatamente altri due bambini, due bambini a cui aveva dato la vita.

Certo, l'amore è un movente fortissimo, e allora Nancy era molto giovane. Forse la sua apatia al processo dipendeva dal fatto che conosceva la enormità della propria colpa, anche se non poteva ammetterla pubblicamente. Non era la prima volta che succedevano cose del genere.

Suonarono alla porta d'ingresso. Jonathan si alzò sorpreso. A Cape Cod capitava di rado che si facessero delle visite senza prima annunciarsi, e le vendite porta a porta erano categoricamente vietate.

Mentre andava ad aprire si accorse di avere le gambe intorpidite. Con gran meraviglia, Jonathan si trovò davanti un poliziotto, un giovane che ricordava vagamente d'aver visto in giro. Mi vorrà vendere un biglietto per qualche festa benefica, pensò, ma scartò subito questa ipotesi. Il giovane ufficiale accettò l'invito a entrare. Era sbrigativo, serio ed efficiente. «Signore, mi dispiace disturbarla ma stiamo svolgendo delle indagini sulla scomparsa dei bambini Eldredge.»

E poi, sotto lo sguardo fisso di Jonathan, prese dalla tasca un taccuino. Dette una rapida occhiata alla casa ordinatissima e cominciò con le domande. «Lei vive solo, vero?»

Senza rispondergli, Jonathan gli passò accanto e andò ad aprire la massiccia porta d'ingresso. E, finalmente, vide l'insolito movimento d'auto che transitavano davanti alla casa dirette verso il lago, e anche parecchi uomini dal viso accigliato che si aggiravano nei dintorni avvolti in pesanti impermeabili.

12

«BEVI questo, Nancy. Hai le mani gelate. Ti farà bene. Devi rimetterti in forze.» Dorothy le parlava con dolcezza. Nancy scosse la testa. Dorothy posò la tazza sul tavolo, sperando che l'aroma delle verdure stufate l'attirasse.

«L'ho preparata ieri», spiegò Nancy con una voce senza espressione, «per i bambini. Non hanno pranzato, saranno affamati.»

Ray le stava seduto accanto, con il braccio sulla spalliera della sedia in atteggiamento protettivo, e aveva davanti a sé un portacenere colmo di mozziconi di sigaretta.

«Non tormentarti, cara», la rassicurò, calmo.

Da fuori, oltre lo sbatacchiare delle imposte e il tintinnio dei vetri, giungeva il ronzio monotono degli elicotteri che volavano bassi.

Ray lesse sul viso di Nancy una domanda e le rispose: «Tre elicotteri stanno esplorando la zona. I bambini potrebbero essersi persi. Sono arrivati volontari dalle città vicine. E sulla baia volano due aerei. Tutti quanti ci aiutano».

«E nel lago sono scesi i palombari», disse Nancy, «a cercare i cadaveri dei miei bambini.» La sua voce era un suono monotono, lontano.

Il capo della polizia, liberatosi dei giornalisti, era rientrato alla Centrale per fare delle telefonate; tornò dagli Eldredge proprio mentre Nancy diceva quella parola. Con la sua esperienza, notò immediatamente la fissità dello sguardo di lei, la rigidità delle mani e del corpo, l'inconfondibile espressione e tono di voce. Stava per ricadere sotto shock. C'era il rischio che di lì a pochi minuti non ricordasse più nemmeno il suo nome.

Cercò con lo sguardo Bernie Mills, l'agente che aveva lasciato di guardia alla casa. Bernie era in piedi sulla porta della cucina, pronto a rispondere alle telefonate. Aveva i capelli chiari e impomatati sul cranio ossuto. Gli occhi sporgenti si mossero da sinistra a destra sotto le corte ciglia bionde. Afferrato il messaggio, il capo della polizia tornò a guardare le tre persone sedute al tavolo. Ray si alzò, andò a mettersi dietro sua moglie e le appoggiò le mani sulle spalle.

Jed Coffin tornò indietro di vent'anni. Alla sera in cui gli avevano telefonato alla Centrale, quand'era ancora un giovane poliziotto a Boston, per dirgli che i genitori di Delia avevano avuto un incidente e che era difficile che se la cavassero.

Era andato a casa. Lei stava seduta in cucina, in vestaglia e camicia da notte, e leggeva il giornale bevendo una tazza della sua prediletta cioccolata istantanea. Si era voltata, sorpresa per il suo ritorno in anticipo ma sorridente, e lui, senza riuscire a dire nemmeno una parola, aveva fatto proprio come Ray: le aveva appoggiato le mani sulle spalle, come se volesse tenerla salda.

«Ray, potrei parlarti a quattr'occhi?» chiese brusco.

Le mani di Ray rimasero strette sulle spalle di Nancy mentre lei cominciava a tremare. «Ha trovato i bambini?» gli chiese, e la sua voce era diventata quasi un sussurro.

«Tesoro, se li avesse trovati ce l'avrebbe detto. Non muoverti di qui. Torno subito.» Ray si chinò e sfiorò con la guancia quella di lei, ma subito, senza aspettare la risposta, si raddrizzò e precedette il comandante attraverso l'anticamera fin nel salotto.

Jed Coffin provò un'involontaria ammirazione per quell'uomo alto che, prima di voltarsi ad affrontarlo, andò a fermarsi davanti al camino, senza perdere, neppure in quelle circostanze, il suo innato autocontrollo. Si ricordò all'improvviso che Ray aveva avuto una decorazione al valore nel Vietnam ed era stato promosso capitano sul campo.

Un uomo di classe, senza dubbio. C'era della classe nel modo in cui stava in piedi, si vestiva, si muoveva; nei saldi lineamenti del mento e della bocca; nella mano bella e forte che si appoggiava leggera alla mensola del camino.

Jed, guadagnando tempo per riprendere il suo atteggiamento rigido e autoritario, si guardò intorno. Il pavimento di quercia splendeva sotto i tappeti ovali e tra le due finestre piombate c'era una vecchia fontana di pietra. Le pareti, di un caldo color crema, erano coperte di quadri. Jed si accorse che i paesaggi dipinti gli erano familiari: quello sopra il camino era un angolo del giardino di Nancy e il cimitero di campagna sopra il pianoforte era il vecchio cimitero privato in fondo alla strada della chiesa di Nostra Signora di Cape Cod. Nella cornice di abete sopra il divano era fissato il momento magico del rientro delle barche al tramonto nel porto di Sesuit. Sullo sfondo dell'acquarello con gli arbusti di mirtillo si stagliava nitida la vecchia casa Hunt – l'Osservatorio.

Jed aveva visto parecchie volte Nancy disegnare lì intorno nella zona, ma non si sarebbe mai immaginato che avesse un simile talento. Quasi tutte le signore di sua conoscenza che avevano l'hobby della pittura finivano per mettere in cornice roba che pareva uscita dall'esposizione di una scuola materna.

Ai due lati del camino c'erano delle librerie a muro. I massicci scaffali di abete vecchio erano come quelli che lui e i suoi famigliari avevano deciso di regalare all'emporio della parrocchia dopo la morte di sua nonna. Anche le lampade di peltro sui tavolini accanto alle poltrone erano come le sue. E allo schienale della poltrona a dondolo davanti al camino era appoggiato un cuscino ricamato a mano.

Jed, con un certo rammarico, paragonò quel locale al soggiorno di casa sua appena rimodernato. Delia aveva scelto del vinyl nero per rivestire sedie e poltrone e un tavolo con le gambe d'acciaio e il piano di cristallo, e aveva voluto coprire il pavimento con la moquette... un tessuto di pelo giallo che si attaccava alle scarpe e che faceva risaltare fedelmente ogni macchia di saliva e di orina lasciata dal loro bassotto tedesco ancora cucciolo.

«Che cosa desidera, signor Coffin?» La voce dì Ray

era fredda e ostile. Aveva capito perché aveva consigliato a Nancy di prendersi un avvocato; sapeva benissimo come la pensava, e lo contrastava... Bene, pensò il capo della polizia, se voleva la guerra... E, sentendosi forte dell'esperienza maturata in numerosi casi analoghi, puntò direttamente al lato debole: «Chi è l'avvocato di tua moglie, Ray?»

Un lampo di smarrimento e un improvviso irrigidimento gli fecero capire che aveva colto nel segno. Come Jed aveva supposto, Ray non si era deciso a compiere il passo decisivo. Tentava ancora di convincersi che sua moglie fosse una normale madre disperata per la scomparsa dei propri figli. Cristo, sarebbe stato persino capace di farla comparire nel notiziario televisivo della sera con in mano un fazzoletto stropicciato e gli occhi gonfi, a chiedere con voce supplichevole: «Restituitemi i miei bambini».

In proposito, Jed aveva qualcosa da dire a Ray. Quel tesoro di sua moglie aveva già recitato una commedia del genere. Jed poteva procurarsi la registrazione di un filmato vecchio di sette anni, definito dai giornali «una supplica straziante». Il viceprocuratore distrettuale di San Francisco si era offerto di mandarglielo proprio mezz'ora prima, per telefono. «Così quella disgraziata potrà risparmiarsi di ripetere la scena», aveva detto.

Ray rispose con voce contenuta, ma maledettamente più cupa. Non abbiamo ancora consultato un avvocato», disse. «Speravo che magari... con le ricerche in corso...»

«Le ricerche saranno quasi tutte sospese tra poco», replicò Jed in tono reciso. «Con il tempo che c'è, non si vedrà più niente. Ma io devo portare tua moglie alla Centrale per interrogarla. E se non vi sarete trovati un avvocato in tempo, ne chiederò uno d'ufficio.»

«Ma non può far questo!» sbottò Ray furibondo. E poi, con uno sforzo evidente, riprese il controllo. «Portare Nancy in una Centrale di polizia significherebbe distruggerla. Per anni ha avuto un incubo notturno ricorrente: la stavano interrogando in una Centrale, e poi la portavano in fondo a un corridoio fino all'obitorio, e lì la costringevano a identificare i cadaveri dei suoi bambini. Dio santo, è sotto shock. Non può aspettare di essere sicuro che non ha niente da dirci? Potrebbe aver visto qualcosa, no?»

«Ray, io ho il dovere di trovare i tuoi figli.»

«Sì, ma ha visto che effetto ha avuto su di lei quell'articolo. E di quel bastardo che l'ha scritto, che cosa ne dice? Un essere così abietto da riesumare quella vicenda e spedire l'articolo al giornale potrebbe benissimo aver rapito anche i bambini.»

«Naturalmente, ci occupiamo anche di questo. Il pezzo in questione porta sempre una firma redazionale fasulla, ma gli articoli vengono mandati da collaboratori esterni e, se accettati, sono pagati venticinque dollari.»

«Bene, allora chi è stato a scriverlo?»

«Stiamo cercando di scoprirlo», rispose Jed, al colmo dell'irritazione. «Nella lettera d'accompagnamento c'era una clausola: se accettavano l'articolo non dovevano apportare modifiche, dovevano pubblicare tutte le foto accluse e farlo uscire sul numero del 17 novembre, vale a dire oggi. Il redattore capo l'aveva trovato interessante e ben scritto. Anzi, mi ha persino detto di aver pensato che l'autore era proprio cretino a cedergliela per venticinque miserabili dollari. Ma naturalmente, si era ben guardato dall'esprimere il proprio parere. E così aveva dettato una lettera, dicendosi pronto a rispettare le condizioni, e vi aveva accluso l'assegno.»

Jed tolse di tasca il suo taccuino e lo aprì deciso. «La lettera è datata 28 ottobre. La segretaria del redattore capo ricorda di aver ricevuto una telefonata, il 29, nel quale chiedevano che cosa avessero deciso per l'articolo Harmon. La linea era disturbata e la voce dell'interlocutore talmente debole che quasi non si sentiva, ma lei aveva detto a quell'uomo – o forse donna, chissà – che poteva ritirare l'assegno al fermo posta di Hyannis Port. L'assegno, intestato a un certo o certa J.R. Penrose, fu ritirato l'indomani.»

«Da un uomo o da una donna?» chiese subito Ray.

«Non si sa. Devi renderti conto che a Hyannis Port c'e un bel viavai di turisti anche in questo periodo. E per farsi dare qualcosa al fermo posta basta chiederlo. Pare che nessuno degli impiegati ricordi quella lettera, e fino a oggi l'assegno non è stato incassato. Quando lo sarà potremo risalire a J.R. Penrose. Francamente non mi sorprenderei che a scrivere quell'articolo fosse stata una delle vecchie signore della nostra città. Sono diaboliche in fatto di pettegolezzi.»

Ray fissava il camino. «Fa freddo qua dentro», rilevò. «Un po' di fuoco ci farà bene.» In quel momento vide i due medaglioni di Michael e Missy appena nati dipinti da Nancy, appoggiati sulla mensola del camino, e deglutì per liberarsi del groppo doloroso che improvvisamente gli aveva stretto la gola.

«Non credo sia il caso di accendere il fuoco, Ray», disse Jed con calma. «Ho voluto parlarti da solo perché desidero che tu dica a tua moglie di vestirsi per seguirmi alla Centrale.»

«No... no... vi prego...» Coffin e Ray si voltarono di scatto verso l'arcata che immetteva nel salotto. Nancy era aggrappata allo stipite di quercia intarsiata. I capelli, ormai asciutti, erano raccolti in una crocchia che le cadeva molle sulla nuca. La tensione di quelle ore l'aveva resa terrea, e il pallore era accentuato dal contrasto con i capelli scuri. I suoi occhi parevano quasi indifferenti, imbambolati.

Alle sue spalle c'era Dorothy. «Non sono riuscita a trattenerla», dichiarò in tono di scusa.

Ray si precipitò, risentito contro di lei. «Ray, mi dispiace. Non è voluta rimanere di là.»

Ray strinse a sé Nancy. «Va bene, va bene, Dorothy», tagliò corto. Poi affettuosamente aggiunse: «Tesoro, calmati. Nessuno vuole farti del male».

Dorothy, da come le aveva parlato, capì che la invitava ad andarsene. Aveva contato su di lei per poter parlare in pace con il capo della polizia, e lei non era riuscita ad accontentarlo nemmeno in quello. La sua presenza lì era inutile, inutile. «Ray», disse cercando di mantenersi calma. «So che non è il momento di parlarti di lavoro, ma hanno telefonato dall'ufficio per ricordarmi che il signor Kragopoulos è in arrivo. Sai, quello che vuole vedere casa Hunt. Dovrebbe essere da noi alle due. Da chi devo farlo accompagnare lassù?»

Ray la guardò da sopra la testa di Nancy, che teneva sempre stretta a sé. «Ma cosa vuoi che me ne importi», scattò. Ma subito si corresse: «Scusami, Dorothy. Ti sarei grato se andassi tu a fargli visitare la casa. Conosci l'Osservatorio e riuscirai senz'altro a venderlo se questa persona è veramente interessata. Il vecchio signor Hunt ha bisogno di denaro».

«Non abbiamo avvertito il signor Parrish.»

«Nel suo contratto è specificato che possiamo mostrare la casa in qualsiasi momento avvisandolo per telefono con mezz'ora d'anticipo. Per questo paga un affitto così basso. Chiamalo dall'ufficio e digli che sei in arrivo.»

«D'accordo.» Incerta, Dorothy indugiò. Non aveva nessun desiderio di andarsene. «Ray...»

Lui la guardò e capì che, anche se non lo diceva, desiderava restare. Ma preferì congedarla. «Non c'è altro da fare qui, Dorothy. Torna appena avrai finito all'Osservatorio.»

Lei, con un cenno del capo, si voltò per andarsene. Non voleva lasciarli; voleva rimanere con loro, condividere la loro angoscia. Dal primo giorno in cui aveva messo piede nel suo ufficio, aveva trovato in Ray un'ancora di salvezza. Dopo quasi venticinque anni vissuti esclusivamente in funzione di Kenneth e in base ai programmi di Kenneth, si era sentita senza radici e, per la prima volta in vita sua, aveva avuto paura. Ma poi aveva cominciato a lavorare per Ray. Con la sua esperienza nel campo dell'arredamento l'aveva aiutato ad avviare l'agenzia riuscendo a convincere più di un cliente all'acquisto di un immobile, e questo era bastato a riempire gran parte del suo vuoto. Ray era una brava persona, molto gentile; e le dava una generosa compartecipazione agli utili. Lo stimava come un figlio. E quando era comparsa Nancy si era sentita molto fiera che lei le concedesse la sua fiducia. Ma poi il carattere tanto riservato di Nancy non aveva permesso una vera amicizia tra loro, e ora Dorothy si sentiva inutile, una semplice spettatrice. Li lasciò senza una parola, prese il cappotto e uscì dalla porta di servizio.

Si strinse le braccia attorno al corpo per ripararsi dal vento e dal nevischio. Aveva lasciato la macchina sul vialetto dietro la casa. Una vera fortuna, così non doveva passare dalla porta principale, davanti alla quale era ferma una radiomobile. Mentre correva verso la macchina vide l'altalena appesa all'albero in fondo al giardino. Dove giocavano i bambini e dove Nancy aveva trovato il guantino di Missy. Quante volte li aveva spinti su quell'altalena? Michael e Missy... L'orribile pensiero che fosse successa una disgrazia... che fossero morti... la gettava in un'angoscia tremenda. *Oh, per piacere, no... Dio onnipotente e misericordioso, ti prego, no.* Una volta, per scherzo, aveva detto che si considerava una specie di nonna per loro, ma poi, vedendo l'improvvisa ombra di dolore calata sugli occhi di Nancy, si sarebbe mangiata la lingua. Non avrebbe mai dovuto dire una frase tanto presuntuosa.

Fissava l'altalena, immersa nei suoi pensieri e incurante del nevischio che le pungeva il viso. Ogni volta che Nancy veniva in ufficio i bambini correvano come fulmini alla sua scrivania. E lei cercava di avere sempre pronta una sorpresa per loro. Il giorno prima, per esempio, Nancy era arrivata con Missy, e Dorothy aveva un dolce al cioccolato preparato apposta. Nancy doveva andare a scegliere del tessuto per le tende, e Dorothy si era offerta di tenerle Missy e di passare a prendere Michael alla scuola materna. «Per scegliere un tessuto bisogna essere tranquilli», aveva detto, «e io devo già uscire per prendere in tribunale dei certificati di proprietà. Sarei lieta di avere un po' di compagnia e, al ritorno, potremmo mangiare un gelato, se tu sei d'accordo.» Erano passate solo ventiquattr'ore...

«Dorothy.»

Alzò gli occhi, sorpresa. Jonathan doveva essere arrivato da casa sua attraverso il bosco. Delle rughe profonde gli solcavano il viso. Doveva essere vicino alla sessantina, e quel giorno dimostrava tutti i suoi anni. «Ho appena saputo dei bambini», le disse. «Devo parlare con Ray. Forse posso aiutarli.»

«Molto gentile da parte sua», mormorò Dorothy, con la voce tremante. Sentirlo così preoccupato le dava un certo, inatteso conforto. «Sono in casa.»

«Ancora nessuna traccia dei bambini?»

«No.»»

«Ho letto l'articolo sul giornale.»

A quel punto Dorothy capì che di lei gli importava ben poco. La trattava con freddezza, evidentemente non le perdonava di avergli mentito dicendogli che aveva conosciuto Nancy da bambina in Virginia. Delusa, aprì la portiera della sua macchina. «Ho un appuntamento», tagliò corto, brusca. E, senza lasciargli il tempo di rispondere, sedette al volante e accese il motore. Solo quando cominciò a vedere ombre confuse davanti a sé si rese conto di avere gli occhi pieni di lacrime.

13

GLI piaceva il ronzio degli elicotteri. Gli ricordava l'altra volta, quando si erano sparpagliati tutti a ventaglio nei dintorni dell'università per chilometri, in cerca dei bambini. Guardava la baia dalla finestra sulla facciata. Lungo il molo, nell'acqua grigia, si era formata una crosta di ghiaccio. Poco prima, per radio, avevano annunciato che era in arrivo una tempesta di neve, forse mista a pioggia. Una volta tanto le previsioni meteorologiche si erano rivelate esatte. Il vento alzava nella baia ondate furiose. Seguì con lo sguardo il vano tentativo di uno stormo di gabbiani di volare controvento.

Lesse il termometro esterno. Due gradi sotto zero. Undici meno della mattina. In quelle condizioni gli elicotteri e gli aerei non avrebbero continuato per molto i loro voli di ricognizione. E nemmeno a terra si sarebbe potuto fare granché.

La marea, quella sera, saliva alle sette. Avrebbe portato i bambini in soffitta, e di lì, nella terrazza sul tetto. Con l'alta marea l'acqua copriva la spiaggia sottostante sbattendo violentemente contro l'argine e poi, risucchiata dalla corrente sottomarina, rifluiva vorticosamente verso il mare. Era quello il momento giusto per buttare i bambini di sotto... Potevano passare settimane prima che il mare li restituisse... Ma aveva pensato anche all'eventualità che li ritrovassero dopo pochi giorni. Non sarebbe stato tanto stupido da dar loro da mangiare qualcosa di compromettente. Li aveva tenuti a latte e biscotti, come la colazione che Nancy dava loro tutte le mattine. Però c'erano buone speranze che, quando li avessero ritrovati, fosse troppo tardi per una perizia necroscopica.

Ridacchiò tra sé. Gli rimanevano ancora cinque ore: cinque lunghe ore per guardare i riflettori piazzati vicino alla casa di Nancy e al lago; cinque ore da trascorrere con i bambini. Anche il maschietto, pensandoci bene, era molto bello... aveva una pelle morbidissima e un corpicino molto ben fatto...

La bambina, poi, era un vero splendore. Assomigliava talmente a Nancy... con quei capelli morbidi come seta e le orecchie piccole, perfette. Si girò di scatto. I bambini erano stesi sul divano. Il sedativo sciolto nel latte li aveva fatti addormentare. Il bambino teneva il braccio intorno alle spalle della sorellina, come per proteggerla. Ma non si mosse neppure quando lui prese la bambina. Voleva portarla in camera, sdraiarla sul letto e spogliarla. Non emise neppure un gemito. La adagiò sul letto, poi andò in bagno e aprì i rubinetti della vasca, accertandosi che l'acqua raggiungesse la temperatura giusta. Quando la vasca fu riempita, controllò di nuovo l'acqua con il gomito. Forse era un po' troppo calda, ma si sarebbe raffreddata in pochi minuti.

Trattenne il respiro. Stava perdendo tempo. Aprì svelto l'armadietto dei medicinali e prese il barattolo di borotalco che si era infilato nella tasca del cappotto al *Wiggins' Market* quel mattino. Stava chiudendo lo sportello, quando vide il papero di gomma dietro la crema da barba. Se l'era dimenticato... l'aveva usato anche l'altra volta. Capitava al momento giusto, pensò, e soffocò una risata. Prese il papero, lo lavò sotto l'acqua fredda, accorgendosi che aveva perso elasticità e la gomma si tagliava, e poi lo gettò nella vasca. A volte distrarre i bambini serviva.

Tornò di corsa in camera da letto con il barattolo di talco, slacciò velocemente la giacca di Missy e gliela tolse, poi senza difficoltà le sfilò dalla testa la maglietta dal collo alto e la canottiera. Con un sospiro che assomigliava a un lungo gemito prese in braccio la bambina, stringendo il suo corpicino rigido. Tre anni. Proprio una bella età. Lei, stiracchiandosi, cominciò ad aprire gli occhi. «Mamma, mamma...» Piangeva debolmente, stanca, ma così carina, così preziosa.

Il telefono squillò.

Furibondo, strinse ancora più forte la bambina, e lei cominciò a gemere, con un pianto intorpidito, disperato.

L'avrebbe lasciato squillare. Non rispondeva mai, mai, al telefono. Perché avrebbe dovuto farlo proprio in quel momento? Aggrottò la fronte. Forse lo chiamavano dalla città, per chiedergli di collaborare nelle ricerche. Non rispondendo poteva far nascere dei sospetti. Meglio rispondere. Lasciò cadere Missy sul letto e, prima di alzare la cornetta, non dimenticò di richiudere bene la porta della camera. Il telefono era in salotto.

«Sì?» chiese in tono freddo e formale.

«Signor Parrish? Spero di non averla disturbata. Sono Dorothy Prentiss, dell'agenzia immobiliare Eldredge. Mi spiace avvisarla con così poco anticipo ma sarò da lei con un cliente tra venti minuti. Rimane in casa o dovrò entrare nel suo appartamento con la mia chiave?»

14

LENDON Miles uscì dalla Route 6A, diretto verso Paddock Path. Per tutto il viaggio aveva tenuto la radio della macchina sintonizzata sui notiziari, nel corso dei quali avevano parlato quasi esclusivamente di Nancy Eldredge e della scomparsa dei suoi bambini.

Per le ricerche avevano diviso il Lago Maushop in diverse parti, ma per dragarlo a dovere occorrevano almeno tre giorni. Il fondo era pieno di scogli. Il comandante Coffin della polizia di Adams Port aveva spiegato che in certi punti si poteva camminare fino a metà lago con l'acqua alla vita, mentre in altri a poca distanza dalla riva l'acqua arrivava subito a dodici metri di profondità. Gli scogli sott'acqua erano pieni di detriti e rendevano le ricerche dei palombari pericolose e vane...

Era stato detto anche che nelle operazioni erano impegnati elicotteri e piccoli idrovolanti e, a terra, gruppi di volontari. Ma su Cape Cod stava per scatenarsi una tempesta e quindi i voli di ricognizione non sarebbero continuati a lungo.

All'annuncio che Nancy Eldredge stava per essere portata alla Centrale di polizia, Lendon, istintivamente, accelerò. Sentiva un bisogno disperato di arrivare da Nancy. Ma quasi subito dovette rallentare: il nevischio si attaccava al parabrezza con tanta rapidità che i tergicristallo riuscivano a stento a togliere la sottile crosta di ghiaccio.

Alla fine, imboccata Paddock Path, non gli fu difficile individuare la casa degli Eldredge. Non ci si poteva sbagliare, con il fermento che c'era nella via. A metà strada, sul marciapiede opposto stazionava un pulmino della radiotelevisione, mentre di fronte alla casa due auto della polizia bloccavano il vialetto d'accesso. Altre auto erano ferme in fila vicino al pulmino, parecchie con il contrassegno del servizio stampa.

Lendon si fermò davanti al viale d'accesso e attese. Un agente gli si avvicinò chiedendogli brusco: «Cosa desidera, prego?» E Lendon, che aveva previsto la domanda, gli porse un biglietto da visita con su scritto frettolosamente a mano: «Per cortesia, lo consegni alla signora Eldredge».

Il poliziotto ebbe un attimo di perplessità. «Se vuole attendere, dottore... Vado a informarmi.» Tornò quasi subito con dei modi meno ostili. «Faccio spostare la nostra auto. Parcheggi sul viale ed entri pure in casa, dottore.»

I giornalisti, che avevano seguito la scena dall'altro marciapiede, si buttarono a pesce. Uno di loro piazzò un microfono davanti al viso di Lendon mentre questi scendeva dalla macchina.

«Dottor Miles, possiamo farle qualche domanda?»

Senza nemmeno attendere la risposta, proseguì svelto: «Signore, sappiamo che lei è un eminente psichiatra della Medical Harvard School. L'ha mandata a chiamare la famiglia Eldredge?»

«Non mi ha chiamato nessuno», rispose secco Lendon. «Sono... ero un amico della madre della signora Eldredge. Mi trovo qui per motivi personali, nient'altro.»

Cercò di farsi strada, ma il cronista armato di microfono tornò a bloccarlo. «Lei dunque era amico della madre della signora Eldredge. Nancy Eldredge è stata sua paziente?»

«Assolutamente no!» Lendon, a viva forza, si liberò dei giornalisti e arrivò al portico della casa. Un altro agente lo attendeva sulla porta d'ingresso. «Lì a destra», gli disse, indicandogli con un cenno del capo la stanza sulla destra. Nancy Eldredge era in piedi davanti al camino, accanto a un giovane alto che doveva essere suo marito. Lendon l'avrebbe riconosciuta ovunque. Il naso che pareva scolpito, i grandi occhi azzurri che guardavano decisi da sotto le ciglia folte, l'attaccatura dei capelli a punta sulla fronte, il profilo così simile a quello di Priscilla...

Ignorando lo sguardo apertamente ostile dell'ufficiale di polizia e gli occhi indagatori dell'uomo dall'aria seria accanto alla finestra, si avvicinò a Nancy. «Sarei dovuto venire prima», esordì.

Nonostante l'espressione assente, la ragazza capì subito che cosa intendeva dire. «L'ho aspettata quando è morta la mamma», disse. «Ero sicura che sarebbe venuto. Invece non si è fatto vivo.»

Lendon valutò i sintomi visibili dello shock: aveva le

pupille dilatate, il corpo rigido e la voce bassa, monocorde. Guardò Ray. «Vorrei aiutarvi, se posso», dichiarò.

Ray lo esaminò con attenzione e, d'istinto, quell'uomo gli piacque. «Allora, come medico, cerchi di far capire al comandante Coffin che per Nancy andare alla Centrale sarebbe disastroso», disse subito.

Nancy fissava il viso di Lendon. Si sentiva indifferente a tutto; come se stesse scivolando via dalla realtà, sempre più lontano ogni minuto che passava. Ma quel dottor Miles le ricordava qualcosa... alla mamma piaceva tanto, le sue lettere erano tanto felici, parlava di lui sempre più spesso.

Quando sua madre era andata a trovarla all'università, le aveva chiesto di quel medico per sapere fino a che punto fosse importante per lei. Ma c'era Carl, e la mamma non aveva voluto parlarne. Si era limitata a dirle sorridendo: «Oh, è terribilmente importante, ma ti racconterò tutto più tardi, cara».

Ricordava benissimo quell'episodio. Aveva sempre desiderato conoscere il dottor Miles, e in un modo o nell'altro era sicura che, appena saputo dell'incidente capitato alla mamma, le avrebbe telefonato. Aveva tanto bisogno di parlare con qualcuno che amasse la mamma...

«Lei voleva bene a mia madre, vero?» La sua voce aveva formulato quasi meccanicamente quella domanda; non era neppure certa se voleva fargliela veramente.

«Sì. Le volevo bene. Molto. Non sapevo che le avesse parlato di me. Temevo che lei mi prendesse in antipatia. Avrei fatto tutto il possibile per aiutarla.»

«Mi aiuti adesso.»

Le prese le mani tra le sue, erano terribilmente fredde. «Tenterò, Nancy, te lo prometto.» Lei si ripiegò su se stessa e suo marito la cinse con un braccio.

A Lendon piaceva Ray Eldredge. Era cereo per l'angoscia, ma reggeva bene, e aveva un atteggiamento protettivo verso la moglie. Era il tipo d'uomo che sapeva dominare le proprie emozioni. Lendon vide una piccola foto incorniciata sul tavolo accanto al camino: un'istantanea all'aperto di Ray con in braccio un bambino e una bambina... I figli scomparsi, naturalmente. Una gran bella famiglia. Era interessante il fatto che nella stanza non ci fosse neppure una foto di Nancy. Si domandò se si lasciasse mai fotografare.

«Nancy, vieni, tesoro. Riposati.» Ray, con cautela, la fece sedere sul divano e le sollevò le gambe perché potesse stendersi quasi sdraiata. «Ecco, così va meglio.» Lei lo lasciò fare, obbediente. Lendon vide che posava gli occhi sull'istantanea di Ray e dei bambini e subito li richiuse, disperata. Tutto il suo corpo fu scosso da un brivido.

«Credo sia meglio attizzare quel fuoco», suggerì a Ray. Questi prese dal cesto della legna un ceppo di media lunghezza e lo gettò sulla brace. Subito si alzò una fiammata.

Ray avvolse Nancy in una coperta. «Sei tanto fredda cara», disse. Per un attimo le tenne il viso tra le mani. Dai suoi occhi chiusi scendevano le lacrime e gli bagnarono le dita.

«Ray, mi autorizzi ad assumere la difesa di tua moglie?» La voce di Jonathan era impercettibilmente alterata, assumendo un tono quasi autoritario. Senza imbarazzo, sostenne lo sguardo sorpreso dei presenti. «Ti garantisco che sono qualificato per questo compito», sostenne secco.

«Avvocato della difesa», mormorò Nancy, e rivedeva, in fondo ai ricordi, il viso pallido e spaventato dell'avvocato dell'altra volta. Si chiamava Domes, Joseph Domes, e non aveva fatto che ripeterle: «Lei mi deve dire la verità. Deve fidarsi di me, se vuole che l'aiuti». Nemmeno lui le credeva.

Ma Jonathan Knowles era diverso. Le piaceva quell'omone sempre cortese con lei e tanto premuroso con i bambini... come qualche giorno prima. Dov'era stato? Al *Lowery's Market*, per la precisione. Un paio di settimane prima aveva aiutato lei e Mike a rimettere a posto una pila di lattine che il bambino aveva fatto cadere. E anche lei gli piaceva, ne era sicura; lo sapeva d'istinto. Aprì gli occhi. «Ti prego», disse guardando Ray.

Ray annuì. «Ti siamo molto grati per la tua proposta, Jonathan.»

Jonathan si rivolse a Lendon. «Dottore, vuole dirmi il suo parere sull'opportunità che la signora Eldredge venga condotta alla Centrale di polizia per l'interrogatorio?»

«Lo sconsiglio in modo assoluto», rispose Lendon immediatamente. «Insisto perché la interroghino qui.»

«Ma io non ricordo niente.» La voce di Nancy era stanca, come se avesse ripetuto quelle parole troppe volte. «Voi dite che so dove sono i miei figli. Ma io non ricordo nulla di ciò che è successo tra il momento in cui ho aperto il giornale e quello in cui ho sentito Ray che mi chiamava.» Alzò su Lendon uno sguardo fisso, annebbiato. «Può aiutarmi a ricordare? C'è un modo per farlo?»

«Che cosa vuoi dire?» le domandò Lendon.

«Non mi potrebbe dare qualcosa, in modo che se so, se ho visto... o se ho fatto... Anche se ho fatto qualcosa, io devo saperlo, devo saperlo. Non me lo potete nascondere. Se in me c'è un istinto malvagio che mi ha spinta a far del male ai bambini, è bene che ne sia cosciente. Se invece non ho fatto niente ma so dove possono essere, stiamo solo perdendo tempo.»

«Nancy, io non ti permetterò di...» Ma Ray tacque, vedendo l'angoscia dipinta sul viso di lei.

«Si può aiutare Nancy a ricordare quel che è successo stamattina, dottore?» chiese Jonathan.

«Forse. Probabilmente si tratta di una forma di amnesia, abbastanza comune dopo un'esperienza traumatizzante. In termini medici si chiama amnesia isterica. Con un'iniezione di barbital si rilasserebbe e probabilmente riuscirebbe a raccontarci l'accaduto. La verità che conosce lei, almeno.»

«Le risposte date sotto l'effetto dei sedativi non sono valide in tribunale», sbottò Jed. «Non posso permetterle di interrogare la signora Eldredge in questo modo.»

«Ho sempre avuto un'ottima memoria», mormorò Nancy. «Una volta, all'università, avevamo fatto una gara per stabilire chi riusciva meglio a rammentare quel che aveva fatto in passato. Bisognava risalire nel tempo, finché si aveva qualche ricordo. Io vinsi con un tale vantaggio che poi, al pensionato, mi prendevano tutti in giro. Avevo le idee così chiare...»

Lo squillo del telefono ebbe l'effetto di un colpo di

pistola esploso nella stanza. Nancy si rannicchiò su se stessa, e Ray le posò le mani sulle sue. Tutti attesero in silenzio che l'agente di servizio al telefono entrasse nel locale. Interurbana per lei, capo», annunciò.

«Deve essere la telefonata che aspettavo», disse il capo della polizia a Nancy e a Ray. «Signor Knowles, le sarei grato se venisse con me. Anche tu, Ray.»

«Torno subito, cara», mormorò Ray a Nancy. Poi guardò Lendon. Rassicurato dalla sua espressione, seguì i due uomini nell'altra stanza.

Per un attimo Nancy era parsa sollevata, ma subito dopo Lendon la vide ricadere nella solita angoscia. «Ogni volta che squilla il telefono credo che abbiano trovato i bambini e che siano salvi», sospirò lei. «Poi invece penso che sarà come l'altra volta... che arriverà quella telefonata...»

«Coraggio», disse Lendon. «Nancy, è importante. Dimmi quando hai cominciato ad avere difficoltà di memoria.»

«Dopo la morte di Peter e... o forse anche prima. Mi costa un tale sforzo ripensare agli anni di matrimonio con Carl.»

«Forse perché colleghi quegli anni con i bambini, e ti è troppo penoso ricordare qualunque cosa li riguardi.»

«In quei cinque anni ero sempre tremendamente stanca, dopo la morte della mamma, sempre così stanca. Povero Carl, lui era tanto paziente. Ha fatto l'impossibile per me. Si alzava di notte per badare ai piccoli, anche quando erano in fasce. Mi costava tutto un'enorme fatica. E del periodo dopo la scomparsa dei bambini non ricordo nulla... Come ora, non riesco a ricordare nulla.» Il tono di voce cominciava ad alzarsi.

Tornò Ray. C'erano novità. Lendon lo capì dalle rughe profonde attorno alla bocca di Ray e dalle mani leggermente tremanti. Si scoprì a pregare: *Dio mio, per favore, fa' che non siano cattive notizie.*

«Dottore, potrebbe andare un istante da Jonathan, per cortesia?» Ray aveva fatto uno sforzo disperato per parlare con voce normale.

«Certamente.» Lendon si avviò in fretta verso l'arcata che portava nel soggiorno, con la certezza che Ray era rimasto sconvolto da quella telefonata.

Trovò Coffin ancora al telefono. Urlava degli ordini al tenente in servizio alla Centrale. «Butta per aria quell'ufficio postale, trova tutti gli impiegati che ci hanno lavorato il 30 ottobre e interrogali: qualcuno di loro deve ricordare per forza chi ha ritirato la lettera del *Community News* indirizzata a J.R. Penrose. Mi serve una descrizione dettagliata, e la voglio subito.» Sbatté la cornetta appendendo.

Anche Jonathan era più teso di prima. Senza tanti preamboli disse: «Dottore, non abbiamo tempo per cancellare l'amnesia di Nancy. Deve sapere che io possiedo un dossier esaurientissimo sul caso Harmon perché sto scrivendo un libro, e fa parte del mio materiale di ricerca. Ho appena finito di studiarmelo e di leggere attentamente l'articolo comparso sul giornale di oggi. Un particolare mi è sembrato della massima importanza, e ho chiesto al comandante Coffin di telefonare al procuratore distrettuale di San Francisco per avere conferma dei miei sospetti. Il suo assistente ha appena chiamato.»

Jonathan tolse di tasca la pipa, la strinse tra i denti senza accenderla e continuò: «Dottore, come certo lei saprà, quando scompaiono dei bambini in circostanze misteriose la polizia, di proposito, tiene nascosto qualche elemento all'opinione pubblica. Lo fa per avere la possibilità di vagliare gli indizi fasulli che, inevitabilmente, arrivano dopo l'annuncio della scomparsa». Stava parlando sempre più in fretta, come se non volesse perdere altro tempo. «Avevo notato che in tutti gli articoli pubblicati dai giornali di sette anni fa si diceva che i bambini, al momento della scomparsa, indossavano dei cardigan rossi con un disegno bianco. Nessun servizio, nemmeno il più particolareggiato, specificava di che disegno si trattasse, e ne ho dedotto appunto che il soggetto era stato deliberatamente taciuto.»

Jonathan guardò Lendon dritto negli occhi, per sottolineare l'importanza di ciò che stava per dirgli. «Nell'articolo si afferma esplicitamente che al momento della scomparsa i bambini Harmon indossavano dei cardigan rossi con un insolito disegno bianco sopra: una barca a vela. Nancy, naturalmente, lo sapeva, visto che aveva fatto lei quei golfini. Ma c'era una sola persona, oltre ai massimi inquirenti della polizia di San Francisco, che poteva conoscere quel particolare.» La voce di Jonathan salì dì tono. «Supponendo l'innocenza di Nancy, quella persona è senz'altro il rapitore dei bambini Harmon, e anche l'autore dell'articolo pubblicato sul giornale di oggi.»

«Lei quindi vorrebbe dire che...» cominciò Lendon.

«Dottore, come avvocato e come amico di Nancy io voglio dire che se si può eliminare la sua amnesia è meglio sbrigarsi. Ho convinto Ray che ormai è inutile cercare di proteggerla. Dobbiamo assolutamente scoprire che cosa sa, e alla svelta. Altrimenti potrebbe essere troppo tardi per i suoi figli.»

«Posso farmi mandare da una farmacia quello che mi serve?» chiese Lendon.

«Telefoni pure, dottore», gli disse Jed. «Una nostra auto andrà a prenderle tutto quello che vuole. Ecco, le faccio il numero.»

Lendon, con calma, ordinò i medicinali per telefono, poi andò in cucina per bere un bicchiere d'acqua. Un disastro, si disse, un terribile disastro. Che razza di tragedia aveva avuto inizio con la morte di Priscilla. C'era un rapporto di causa ed effetto, certo. Se Priscilla non fosse morta, probabilmente avrebbe convinto Nancy a non sposarsi tanto giovane; e i bambini Harmon non sarebbero mai nati. Ma troncò subito quelle considerazioni inutili.

Nella cucina c'era un gran disordine. La polizia aveva rilevato le impronte digitali sulla credenza, sul lavandino e sul fornello si vedevano ancora dei granelli di polvere. A nessuno era venuta l'idea di pulire il caffè rovesciato.

Rientrando nella sala sentì il comandante Coffin che diceva: «Tientelo bene in mente, Jonathan: forse non ho il diritto di farlo, ma piazzerò un registratore nella stanza quando la ragazza verrà interrogata. E qualunque cosa confessi sotto l'effetto del sedativo, anche se non potrà servire come prova a suo carico, mi consentirà di scegliere le domande nel corso di un interrogatorio normale».

«Non confesserà un bel niente», ribatté seccato Jonathan. «Secondo me Nancy è innocente, non solo per quanto riguarda la scomparsa di Michael e Missy, ma anche per l'omicidio Harmon. E quindi la prima conseguenza logica è questa: se l'assassino dei bambini Harmon ha scritto quell'articolo per il *Community News*, ed è andato a ritirare il suo assegno al fermo posta di Hyannis Port, è qualcuno che abita qui a Cape Cod.»

«Con questo vuoi dire che è stato sempre lui, stamattina, a rapire i bambini Eldredge?» osservò Coffin.

Jonathan accese la pipa e tirò delle lunghe boccate prima di rispondere. «Temo proprio di sì», disse. Dal suo tono di voce, volutamente impassibile, Lendon capì che cosa pensava. Jonathan era convinto che se era stato l'assassino dei bambini Harmon a rapire Michael e Missy Eldredge, probabilmente aveva ucciso anche loro.

«D'altra parte», ipotizzò Jed, «escludendo la signora Eldredge come indiziata di reato, c'è la possibilità che qualcuno che non si è mai fatto avanti al processo Harmon ma che sapeva qualcosa del delitto abbia scritto prima quell'articolo e oggi abbia rapito i bambini Eldredge. Azzardando una terza ipotesi, a rapire i piccoli potrebbe essere stato qualcuno che ha letto l'articolo di oggi e ha riconosciuto Nancy Eldredge: magari una donna frustrata nel suo desiderio di maternità, e convinta che Nancy non si meritasse dei figli. Ho avuto a che fare con menti anche più contorte nel corso della mia carriera.»

«Jed», esplose Jonathan, «sto cercando di farti capire che, indipendentemente da altri responsabili, una cosa è certa: Nancy, sette anni fa, sapeva molto più di quanto non abbia detto sulla scomparsa dei suoi figli.»

Lendon alzò un sopracciglio, una ruga profonda solcò la fronte di Jed. Vedendo la loro espressione Jonathan picchiò con violenza una mano sul tavolo. «Non dico che la ragazza sia colpevole. Voglio solo dire che sapeva più di quello che ha detto, e probabilmente più di quanto lei stessa si rendesse conto. Guarda le sue foto sul banco degli imputati. Ha il viso assente, inebetito. Leggi la sua deposizione. Leggila, in nome di Dio. Aveva perso la testa. Anche se il suo avvocato è riuscito a farle revocare la condanna per un cavillo giuridico, resta sempre il fatto che lei si è lasciata inchiodare mani e piedi dal procuratore distrettuale. Quel processo puzza di marcio, e tu adesso stai tentando di ripetere la stessa commedia.»

«Io sto solo tentando di non lasciarmi coinvolgere nelle tue teorie. Perché non sono altro che teorie. Il mio compito consiste nel ritrovare quei bambini, vivi o morti, e scoprire chi li ha rapiti.» Jed aveva definitivamente perso la pazienza. «Prima ti affanni a dirmi che sta troppo male per poterla interrogare, e ora aggiungi che sapeva più di quanto ha detto. Senti, Jonathan, tu stai scrivendo un libro su certi processi che si sono conclusi con un verdetto dubbio, e va bene. Ma io non faccio per hobby questo mestiere, e le vite dei bambini sono importanti, non ti lascerò fare certo una partita a scacchi con la legge.»

«Calma.» Lendon trattenne il capo della polizia per un braccio. «Signor Knowles... Jonathan... Lei insomma crede che qualcosa che Nancy sa sulla morte dei suoi primi figli potrebbe aiutarci a ritrovare i bambini Eldredge, vero?»

«Proprio così. Ma il problema è tirarle fuori quello che sa, non certo cacciarglielo ancora più in fondo nel subconscio. Dottor Miles, se non sbaglio lei è considerato un esperto, nell'impiego del barbital.»

«Sì, è vero.»

«Potrebbe riuscire a far dire a Nancy non solo ciò che sa di stamattina, che sarà poco o niente, ma anche qualcosa del suo passato dimenticato persino da lei?»

«Forse.»

«Bene. Se Nancy non ci dà subito qualche informazione concreta che aiuti a ritrovare Michael e Missy, la prego vivamente di tentare in quella direzione.»

Un'ora dopo tornò Dorothy. Il soggiorno e la cucina erano deserti, e Bernie Mills continuava a far la guardia al telefono. «Sono tutti là dentro», le disse indicando il salotto con un cenno del capo. «Stanno facendo uno stranissimo esperimento.»

Dorothy attraversò correndo l'anticamera ma, arrivata sulla porta del salotto, si fermò di colpo. Le parole di saluto che stava per pronunciare le morirono sulle labbra.

Nancy era distesa sul divano, avvolta in una coperta e con un cuscino sotto la testa. Uno sconosciuto che aveva l'aria di essere un medico le stava seduto accanto, e le parlava sottovoce. Nancy aveva gli occhi chiusi. Ray e Jonathan, il primo stravolto dall'angoscia e l'altro con lo sguardo risoluto, erano sul divanetto a due posti. Jed Coffin sedeva al tavolo dietro il divano, con un microfono puntato verso Nancy.

Appena Dorothy capì cosa stava succedendo si lasciò cadere in una poltrona senza nemmeno togliersi il cappotto. Intirizzita, infilò nelle tasche profonde le mani gelate, stringendo inconsciamente un pezzetto di lana umida che aveva in fondo alla tasca destra.

«Come stai, Nancy? Sei comoda?» Lendon le parlava tranquillo.

«Ho paura...»

«Perché?»

«I bambini... i bambini...»

«Nancy, parliamo di stamattina. Avevi dormito bene questa notte? Ti sei svegliata riposata?»

Nancy pareva riflettere su ogni parola. «Ho sognato. Ho sognato tanto...»

«Che cosa hai sognato?»

«Peter e Lisa... Erano diventati così grandi... Sono morti da sette anni...» Cominciò a singhiozzare. Poi, mentre Jonathan tratteneva per un braccio Ray con una stretta d'acciaio, gridò: «Come potrei averli uccisi? Erano i miei figli! Come potrei averli uccisi io?»

15

DOROTHY, prima dell'arrivo del signor Kragopoulos, aveva cercato di nascondere gli occhi arrossati sotto un velo di cipria. E si era sforzata di convincersi che, dopo tutto, portare quel cliente a visitare casa Hunt sarebbe stato un diversivo, un modo per smettere di cercare affannosamente qualche indizio che aiutasse a ritrovare i bambini. Indizi... ma quali indizi?...

Di solito, prima di mostrare agli interessati un immobile, faceva con loro un giro dei dintorni. Voleva che vedessero le spiagge, i laghi e il cantiere nautico, le imponenti vecchie case sparse nel tratto fra Cranberry Highway e la baia, il panorama affascinante che si dominava dalla Maushop Tower e le zone più caratteristiche della città vecchia.

Ma quel giorno, con il nevischio che batteva sul tetto dell'auto e sui finestrini, con il cielo coperto di nere distese di nubi e il vento gelido del mare che penetrava fin nel midollo delle ossa, decise di andare direttamente all'Osservatorio.

A stento riusciva a pensare a quello che faceva. Era tremendamente sconvolta e distratta. Non piangeva da anni e ora invece doveva mordersi le labbra per trattenere le lacrime. Le pareva di avere sulle spalle un peso che la schiacciava, un peso fatto di dolore e di paura, e disperava di poterlo sostenere da sola.

La strada era pericolosa, le ruote slittavano. Di tanto in tanto lanciava un'occhiata all'uomo dalla pelle olivastra seduto al suo fianco. John Kragopoulos doveva essere sui quarantacinque anni. Nonostante la struttura fisica di un sollevatore di pesi, aveva un'innata eleganza di modi che ben si accompagnava a quel suo parlare appena un po' enfatico.

Aveva detto a Dorothy che lui e sua moglie, dopo aver venduto il loro ristorante di New York, avevano deciso di comune accordo di ritentare la fortuna in una località dove potersi anche stabilire definitivamente. Cercavano un posto frequentato in inverno da pensionati benestanti e, in estate, dai turisti in vacanza.

Ripensando alle sue parole, Dorothy disse: «Non consiglierei più di investire del denaro in un ristorante sull'altra sponda della baia di Cape Cod: ormai è un ammasso di motel e pizzerie, un posto orribile. Da questa parte invece è ancora molto bello. L'Osservatorio offre possibilità illimitate come ristorante o albergo. Negli anni Trenta era stato rinnovato completamente e trasformato in circolo sportivo. Ma a quei tempi la gente non aveva quattrini per farsi socia di un circolo, e così dovettero chiuderlo. Poi il signor Hunt comprò la casa e il terreno, trentaseimila metri quadrati in tutto, compresi tre chilometri di banchina e uno dei panorami più spettacolari di Cape Cod».

«L'Osservatorio, in origine, era la casa di un comandante di marina, vero?»

Dorothy capì che John Kragopoulos doveva aver fatto qualche indagine sulla zona, segno che aveva un interesse concreto. «Sì, infatti. La fece costruire il capitano di una baleniera per regalarla a sua moglie, nel 1690. Quarant'anni fa la rialzarono di due piani, ma conservarono il tetto originale e anche una delle piccole terrazze sotto il camino. Qui le chiamano 'posti di vedetta' perché tante mogli di uomini di mare aspettavano di lassù di veder tornare la barca del marito, spesso invano purtroppo.»

«Certo, il mare è pieno di insidie», convenne il suo passeggero. «Comunque, c'è anche un molo? Se mi ci stabilissi vorrei comprarmi una barca.»

«Ce n'è uno in ottimo stato», gli assicurò Dorothy. «Oh, accidenti!» Trattenne il respiro, mentre l'auto sbandava paurosamente sulla prima curva della salita che portava all'Osservatorio. Con uno sforzo riuscì a raddrizzare le ruote e guardò preoccupata il signor Kragopoulos. Ma lui sembrava tranquillissimo, anzi si complimentò con lei per il coraggio che dimostrava avventurandosi in strade così ghiacciate.

Le sue parole penetrarono come un bisturi nell'anima disperata di Dorothy. Effettivamente era una giornata spaventosa. Solo un miracolo poteva impedirle di uscire di strada. E lei non aveva nessuna voglia di mostrare casa Hunt a quell'uomo, anche se prima era quasi riuscita a convincersi del contrario. Con un tempo meno inclemente ci sarebbero stati volontari dappertutto, per le strade e nei boschi, alla ricerca di Michael e Missy, ma in quelle condizioni ci voleva del coraggio per restare all'aperto. Anche perché molti pensavano che le ricerche non avrebbero dato frutti.

«Per me guidare non è un problema», disse confusamente. «Mi dispiace soltanto che il signor Eldredge non sia con noi. Ma senz'altro lei capisce che...»

«Capisco benissimo», ammise John Kragopoulus. «Dev'essere tremendo per dei genitori non sapere dove sono finiti i propri figli. Sono veramente dispiaciuto di tenerla occupata proprio oggi. Come amica e collaboratrice immagino che questa vicenda la tocchi da vicino.»

Dorothy si impose di non cedere alla comprensione che aveva sentito nelle parole di quell'uomo. «Le voglio dire ancora qualcosa della casa», aggiunse svelta. «Tutte le finestre della facciata guardano sul mare. Sopra la porta d'ingresso c'è una lunetta di fattura squisita, tipica delle case più belle di quel periodo. Nei locali a pianterreno, molto spaziosi, ci sono dei magnifici camini sormontati da timpani. In una giornata come questa molta gente andrebbe volentieri in un ristorante da cui poter vedere la tempesta godendosi un buon pasto e un bel fuoco. Siamo arrivati.»

Dietro la curva spuntò l'Osservatorio in tutta la sua imponenza. A Dorothy parve stranamente triste e desolato con il molo avvolto nella foschia sullo sfondo. Il rivestimento in legno, corroso dalle intemperie, era di un grigio cupo e il nevischio che batteva impietoso contro le finestre e il portico pareva mettere in evidenza le imposte scrostate e la fragilità della scala esterna.

Con una certa sorpresa, notò che il signor Parrish aveva lasciato aperto il garage. Forse era rincasato carico di provviste e aveva dimenticato di tornar fuori a chiuderlo. Ma per loro era una fortuna: vi si infilò e fermò la macchina accanto alla vecchia giardinetta di Parrish. Da lì, potevano raggiungere la casa correndo sotto la tettoia del garage.

«Ho la chiave della porta di servizio», disse a John Kragopoulos appena scesi dall'auto. «Purtroppo mi sono dimenticata di prendere l'ombrello di Ray. Spero che non si bagni.»

«Non si preoccupi per me», borbottò lui. «Sono piuttosto robusto. Non si vede?»

Lei abbozzò un sorriso e annuì. «D'accordo, allora corriamo.» Rasenti al muro, percorsero i centocinquanta metri che li separavano dalla porta della cucina, ma si bagnarono lo stesso, e sentirono il vento infilarsi sotto il cappotto.

La porta della cucina era chiusa a doppia mandata. Il signor Parrish avrebbe potuto essere più gentile, pensò Dorothy irritata. Rovistò nella borsa in cerca della chiave, aprì la porta e suonò per avvertire il signor Parrish che erano arrivati. L'eco del campanello si perse nel piano superiore mentre loro entravano in cucina.

Il suo cliente pareva calmissimo: tolse la neve dal cappotto e si asciugò il viso con il fazzoletto. Era proprio un tipo tranquillo, si disse Dorothy. Doveva mostrargli la casa senza apparire nervosa e, soprattutto, senza fare troppi commenti. Sentiva un desiderio irresistibile di farlo correre su e giù per i locali, per finire più in fretta possibile: *Vede questo... e questo... e questo... E adesso mi lasci tornare da Nancy e da Ray, per favore. Forse hanno saputo qualcosa dei bambini.*

Si accorse che il cliente stava osservando minuziosamente la cucina. Decise di asciugarsi il viso anche lei e infilò una mano in tasca in cerca del fazzoletto. Solo allora si rese conto che indossava il cappotto nuovo di renna. Quel mattino aveva deciso di metterselo proprio in vista dell'appuntamento con il signor Kragopoulos; sapeva che il grigio le stava bene, perché si intonava con i capelli sale e pepe. E proprio dalle tasche grandi e profonde si era accorta di non aver addosso il solito pastrano da pioggia, vecchio e sdrucito, ma certamente più adatto in una giornata brutta come quella. Infilandosi il cappotto nuovo, quel mattino, si era anche chiesta se Jonathan Knowles sarebbe passato dall'ufficio e l'avrebbe notato. Forse, finalmente si sarebbe deciso a chiederle di uscire a cena con lui. Solo poche ore prima sognava a occhi aperti: come poteva tutto cambiare di colpo, e in modo così terribile?...

«Signora Prentiss?»

«Sì. Oh, mi scusi. Oggi ho proprio la testa nelle nuvole.» Sentì nella sua voce una falsa allegria. «Come avrà notato, la cucina ha bisogno di essere rimessa a nuovo ma è grande e ben disposta. Questi fornelli basterebbero per sfamare un reggimento. Ma credo proprio che lei sarebbe più propenso a sostituirli con un impianto moderno.»

Senza accorgersene, aveva alzato il tono di voce. Il vento ululava nella casa con un suono stridulo, lugubre. Si sentì sbattere una porta al piano superiore e, per un istante, riecheggiò una specie di lamento. Ma doveva essere stato uno scherzo dei suoi nervi: quel giorno la casa le faceva impressione. E in cucina si moriva dal freddo.

Condusse direttamente il signor Kragopoulos nelle stanze che davano sulla facciata, per mostrargli la vista sul mare, in modo che avesse subito una buona impressione.

Lo spettacolo che si presentò ai loro occhi in effetti era sconvolgente. Le onde ribollivano furiose, si alzavano, si abbassavano, si frangevano sulle rocce, ricadevano giù risucchiate. Rimasero entrambi a fissare l'acqua che si schiantava contro la scogliera.

«Con l'alta marea quelle rocce vengono completamente sommerse», disse lei. «Ma là sotto a sinistra, oltre il molo, c'è una bella spiaggia compresa nella proprietà, e il porticciolo è subito dopo.»

Lo accompagnò nei vari locali, facendogli notare i sontuosi pavimenti di quercia, i camini imponenti, le finestre piombate, e sottolineando come la casa si prestava perfettamente a essere trasformata in ristorante. Al primo piano l'uomo esaminò con attenzione le grandi stanze che potevano diventare camere d'albergo.

«Nel corso degli ultimi restauri, dalle camere da letto più piccole hanno ricavato dei bagni comunicanti con quelle più grandi», gli spiegò Dorothy. «Quindi è già tutto pronto, e va piuttosto bene, manca solo l'intonaco e la carta da parati. I letti d'ottone valgono da soli una vera fortuna. Il mobilio è quasi tutto di eccellente qualità: guardi quel cassettone, per esempio. Io avevo un negozio d'arredamento, e ho sempre sognato di poter sistemare una casa come questa. Offre infinite possibilità.»

Era visibilmente interessato. Lo si capiva da come si fermava a guardare dentro gli armadi, a battere le nocche sulle pareti e ad aprire i rubinetti dei lavandini.

«Al secondo piano ci sono altre camere da letto e, al terzo, l'appartamento del signor Parrish», aggiunse lei. «Lì abitava il direttore del circolo sportivo. È piuttosto grande e ha una splendida vista sia sul mare sia sulla città.»

L'uomo stava misurando la stanza a passi lenti e non aprì bocca. Dorothy, pensando di essere stata importuna e di aver parlato troppo, se ne andò vicino alla finestra. Ora doveva lasciarlo valutare con calma la casa, forse aveva anche qualche domanda da farle. Svelto, svelto, pensò. Voleva andar via: l'ansia di tornare da Nancy e da Ray, di sapere se c'erano novità, la tormentava, la soffocava. E se i bambini erano all'aperto con un tempo simile? Sentì il rimorso di non essere corsa anche lei a cercarli; forse si erano semplicemente persi e lei doveva andare nel bosco, a chiamarli... Scosse il capo. Stava proprio comportandosi come una stupida.

Il giorno prima, lasciandole Missy in ufficio, Nancy le aveva raccomandato: «Falle mettere i guantini quando uscite. Le si gelano le mani». Poi, ridendo, aveva teso a Dorothy le manopole di Missy, e aveva aggiunto: «Come vedi sono una diversa dall'altra, ma non voglio certo lanciare una nuova moda. Questa bambina non fa che perdere guanti». Le aveva dato una manopola rossa con una faccina sorridente ricamata sul dorso, e un'altra a scacchi blu e verdi.

Dorothy ricordava il sorriso allegro con cui Missy, in macchina, aveva alzato le manine. «La mamma ha detto che non devo perdere i guantini, zia Dorothy», aveva commentato seria. E più tardi, quando si erano fermati alla gelateria, le aveva chiesto: «Posso togliermi i guanti almeno mentre mangio il gelato?» Benedetta bambina. Dorothy si asciugò gli occhi pieni di lacrime.

Con uno sforzo di volontà riprese il controllo di sé e si voltò verso John Kragopoulos, che finiva di annotarsi le misure della stanza. «Solo in queste vecchie case si trovano ancora dei soffitti così alti», rilevò l'uomo esultante.

Ma lei non resisteva più in quel locale. «Andiamo di sopra, adesso», disse decisa. «Vedrà, il panorama le piacerà.» Gli fece strada attraverso l'anticamera, diretta alla scala. «Ha notato anche che ci sono ben quattro caldaie? Un bel risparmio di combustibile.»

Salirono svelti le due rampe di scale. «Il secondo piano è identico al primo», gli spiegò mentre passavano dal pianerottolo. «Il signor Parrish prende in affitto quest'appartamento da sei o sette anni, se non sbaglio. Paga pochissimo, ma il signor Eldredge è convinto che la presenza di un inquilino serva a scoraggiare possibili atti di vandalismo. Eccoci arrivati. Qui, in fondo al pianerottolo.» Bussò alla porta dell'appartamento. Nessuno rispose. «Signor Parrish», chiamò Dorothy. «Signor Parrish.»

Aprì la borsa. «Strano. Chissà dove può essere andato senza macchina. Ma devo avere la chiave da qualche parte.» Cominciò a frugare nella borsa, irritata senza sapere perché... Certo, per telefono il signor Parrish le era parso scontento di sentirsi annunciare la loro visita. Ma se doveva uscire avrebbe potuto anche dirlo. Si augurò di trovare in ordine l'appartamento. Non erano molte le persone come Kragopulos disposte a investire una tale somma. Da quasi un anno non avevano avuto nemmeno un'offerta per quella casa.

Dorothy non si accorse che la maniglia veniva girata dall'interno, e quando la porta si spalancò rimase a bocca aperta davanti agli occhi inquisitori e al viso sudato dell'inquilino, Courtney Parrish.

«Avete scelto una giornata orribile per venire quassù.» Parrish li accolse con cortesia e si fece subito da parte per lasciarli entrare. In realtà, era occupato soltanto di nascondere le mani tremanti e sudate fradice.

Li scrutò rapidamente, per accertarsi se avevano sentito la bambina, quel suo unico strillo. Che stupido, si era lasciato prendere dal panico. Dopo la telefonata aveva dovuto sistemare tutto in gran fretta, ed era talmente nervoso che per poco non aveva dimenticato di nascondere la maglietta di Missy assieme agli altri indumenti. Gli si era rovesciato anche il barattolo del talco, e aveva dovuto pulire.

Aveva legato i bambini, mani e piedi; poi li aveva imbavagliati con dei cerotti e nascosti nella stanzetta segreta dietro il camino a pianterreno, scoperta per caso qualche mese prima. C'erano nascondigli analoghi in molte vecchie case di Cape Cod: servivano ai coloni per nacondersi durante le incursioni dei pellirosse. Ma poi aveva perso la testa. E se quella cretina dell'agenzia avesse saputo della stanza segreta e l'avesse mostrata al suo cliente? Per aprirla bastava far scattare una molla nascosta nella libreria a muro del pianterreno. Forse sapeva anche questo.

Quando la berlina di Dorothy si era infilata nel garage, aveva abbandonato il suo posto d'osservazione alla finestra ed era corso giù per le scale a prendere i bambini. Li aveva portati su nell'appartamento e gettati in fondo a uno dei due armadi a muro della camera da letto. Così era molto meglio. Poteva sempre dire che là dentro teneva le provviste e che non riusciva a trovare la chiave. Siccome aveva appena cambiato la serratura, quella cretina non poteva certo avere un duplicato. E poi c'era l'altro armadio, identico: potevano guardare quello, se volevano. Però c'era sempre il rischio di commettere un errore, complicando le cose, di compromettere tutto.

Mentre loro erano rimasti ai piani inferiori, aveva fatto un'ultima ispezione all'appartamento e si era assicurato che non ci fosse in giro più niente. La vasca da bagno era piena d'acqua, ma l'aveva lasciata così di proposito. Non aveva saputo nascondere il suo malumore per telefono, e gli conveniva far credere a Dorothy che stava per fare un bagno quando l'aveva chiamato. Era una ragione più che valida per irritarsi all'annuncio di una visita.

Il desiderio di quella bambina era talmente intenso da farlo star male. Fremeva nelle viscere per la voglia di lei. E lei era lì, a pochi passi, dietro quel battente, con il corpicino seminudo. Non poteva aspettare oltre. Ma doveva essere prudente. Cercò di dar retta alla voce della ragione che lo metteva in guardia, anche se era così difficile.

«John Kragopoulos», si presentò quel maledetto, ostinandosi a volergli stringere la mano. Con un gesto goffo si asciugò alla meglio il palmo sudato sui pantaloni, poi afferrò quella mano che non poteva più ignorare.

«Courtney Parrish», disse lui, di malavoglia. Appena le loro mani si toccarono un'espressione di disgusto passò rapida sul viso dell'uomo. Il solito maledetto invertito, pensò Parrish. Metà dei ristoranti su quella sponda della baia era gestita da omosessuali. E adesso volevano anche casa sua. Benissimo, tanto a lui serviva ancora per un giorno, non di più.

Improvvisamente si rese conto che, una volta venduta la casa, nessuno si sarebbe meravigliato di non veder più comparire a Cape Cod Courtney Parrish. E lui sarebbe dimagrito e si sarebbe lasciato ricrescere i capelli per cambiare aspetto un'altra volta, perché voleva essere presente al processo di Nancy. Appena ritrovati i cadaveri l'avrebbero indiziata d'omicidio, su questo non c'erano problemi. Ci pensava lui a far andare il destino nel modo giusto.

Si strinse nelle spalle provando una gran voglia di ridere. Avrebbe potuto chiedere persino notizie di Nancy: dovere di buon vicino, nient'altro. Improvvisamente sicuro del fatto suo, disse con cortesia: «Lieto di conoscervi, signor Kragopoulos. Mi dispiace che vediate per la prima volta questa casa magnifica con un tempo simile». Come per miracolo, il sudore si stava asciugando sulle mani, sulle ascelle e sull'inguine.

Nella piccola anticamera la tensione si allentò in modo quasi tangibile. Ad averla creata era stata soprattutto Dorothy, certamente. In quei tre anni l'aveva vista entrare e uscire innumerevoli volte dalla casa degli Eldredge, spingere i bambini sull'altalena, portarli a spasso in macchina. Conosceva quel tipo di donna: la solita vedova triste di mezza età che vuole a tutti i costi essere importante per qualcuno. Una parassita, in una parola: il marito morto, niente figli. Era un miracolo che non avesse anche la madre inferma, come quasi tutte quelle come lei, abituate a vantarsene e a far le vittime con gli amici: «È tanto buona con la mamma». Perché? Ma perché dovevano per forza essere buone con qualcuno, avevano bisogno di sentirsi importanti. Se invece avevano dei figli li ossessionavano di premure. Come la madre di Nancy.

«Ho appena sentito la radio», disse a Dorothy. E sono rimasto sconvolto. Hanno trovato i bambini Eldredge?»

«No.» I nervi di Dorothy si tesero nuovamente. La radio era ancora accesa. Colse al volo la parola «notiziario». «Scusatemi», gridò precipitandosi nel salotto ad alzare il volume. «...la tempesta aumenta. Si prevedono venti da ottanta a cento chilometri all'ora. È pericoloso transitare in auto. I voli di ricognizione alla ricerca dei bambini Eldredge sono stati sospesi a tempo indeterminato. La polizia continuerà comunque a perquisire Adams Port e i dintorni. Il comandante Coffin raccomanda di fornire immediatamente alla polizia qualsiasi informazione, di riferire tutti i fatti insoliti, per esempio un veicolo sconosciuto notato nei pressi di casa Eldredge o una o più persone mai viste prima nella zona. Telefonate al seguente numero: KL 53800. Si conserverà l'anonimato.»

Il cronista continuò: «Indipendentemente dall'invito a fornire con 'la massima urgenza qualunque indizio utile al ritrovamento dei bambini scomparsi, sappiamo da fonte autorevole che la signora Nancy Harmon Eldredge sta per essere portata alla Centrale di polizia per un interrogatorio».

Doveva tornare da Nancy e da Ray. Dorothy disse brusca al signor Kragopoulos: «Come vede, è uno splendido appartamento, adattissimo per una coppia. La vista sia dalla facciata che dalle finestre sul retro è stupenda».

«Lei si interessa di astronomia?» chiese John Kragopoulos a Courtney Parrish.

«Non proprio. Perché?»

«Be', ha un magnifico telescopio.»

Troppo tardi Parrish si accorse che il cannocchiale era ancora puntato su casa Eldredge. E, mentre Kragopoulos si chinava per accostarvi l'occhio, lo alzò con un colpo deciso.

«Mi piace studiare le stelle», aggiunse in fretta.

John Kragopoulos guardò attraverso le lenti. «Magnifico strumento», esclamò. «Veramente magnifico.» Con la massima cautela lo rimise nella posizione in cui l'aveva trovato. Poi, avvertendo l'ostilità di quell'uomo, si staccò dal cannocchiale e cominciò a osservare la stanza. «Un appartamento ben sistemato», osservò, rivolto a Dorothy.

«Io mi ci sono trovato benissimo», intervenne Parrish. Intanto malediceva se stesso. Di nuovo non si era saputo controllare; e ora cominciava a sudare. Aveva forse dimenticato qualcosa, qualche segno della presenza dei bambini? I suoi occhi vagarono per la stanza come impazziti. Niente.

Dorothy disse: «Ora vorrei mostrare la camera da

letto e il bagno al signor Kragopoulos, se non le dispiace».

«Ma certo.»

Lisciò il copriletto e buttò il barattolo del talco nel tavolino da notte.

«Il bagno è grande come quelli del primo piano», spiegò Dorothy a John Kragopoulos. «Oh, mi dispiace», aggiunse dopo aver visto la vasca piena di acqua. Siamo arrivati in un momento sbagliato. Stava per fare il bagno, vero?»

«Nessuno mi obbliga a seguire un orario», disse Parrish, lasciando comunque intendere che l'avevano disturbato davvero.

John Kragopoulos si affrettò a tornare nella camera da letto. Era evidente che quell'uomo non gradiva la loro presenza: la vasca era lì apposta per farglielo capire, in un modo piuttosto sgarbato anche. E quel papero di gomma che galleggiava sull'acqua. Un giocattolo da bambini. Fece una smorfia, disgustato. Passò delicatamente una mano sulla porta dell'armadio, rimanendo sorpreso che il legno fosse così levigato. Quella casa era proprio ben curata. John Kragopoulos era un abile uomo d'affari, ma credeva anche nell'istinto personale, e questo gli diceva che sarebbe stato un buon investimento. Avrebbe offerto molto meno di quello che gli chiedevano, per poi risalire un po'. L'avrebbe spuntata, ne era sicuro.

Ora che aveva deciso, cominciò a guardarsi attorno con occhi da padrone. «Posso aprire quest'armadio?» chiese. Era una domanda puramente formale, perché stava già girando la maniglia.

«Mi spiace molto, ma ho cambiato la serratura e non so dove sia finita la chiave. Se volete guardare quest'altro... sono praticamente identici.»

Dorothy osservò la nuova maniglia e la nuova serratura. Due pezzi di ferro qualunque. «Spero abbia conservato la maniglia originale», disse. «Tutte le maniglie della casa sono di ottone pieno, e fatte su stampi unici.»

«Sì, l'ho tenuta, naturalmente. Devo ripararla.» Dio, e se la donna avesse insistito per forzare la maniglia? La serratura poteva cedere, il legno era vecchio e non teneva poi tanto. Se l'armadio si fosse aperto?

Dorothy lasciò andare la maniglia, più tranquilla. Che importanza aveva, in fondo, se anche tutte le maniglie di questa terra fossero state sostituite? Cambiava forse qualcosa?

Parrish dovette serrare le labbra per impedirsi di ordinare a quella ficcanaso e al suo cliente di togliersi dai piedi. I bambini erano dietro quel battente. Li aveva legati abbastanza stretti? Avrebbero riconosciuto la voce di Dorothy? Avrebbero tentato di farsi sentire in qualche modo? Doveva liberarsi di quei due.

Ma anche Dorothy voleva andarsene. In quella stanza c'era un odore vagamente familiare, un odore che le ricordava molto Missy. Si rivolse a John Kragopoulos: «Forse potremmo togliere il disturbo. Sempre che abbia visto abbastanza».

Lui fece un cenno d'assenso. «Certo, certo.» E si avviò verso la porta d'ingresso, guardandosi bene dallo stringere di nuovo la mano a quell'uomo. Dorothy lo seguì. «Grazie, signor Parrish», disse frettolosamente girando appena la testa. «Ci sentiamo.»

In silenzio precedette Kragopoulos giù per le scale fino al pianterreno. Aprendo la porta della cucina si accorse che il vento era fortissimo. Il tempo era rapidamente peggiorato mentre visitavano la casa. Se i bambini erano rimasti all'aperto tutto quel tempo, erano senz'altro già morti assiderati.

«È meglio fare una corsa fino al garage», suggerì. John Kragopoulos, visibilmente preoccupato, annuì e la prese sottobraccio. Questa volta non badarono a ripararsi sotto la tettoia: con quel vento non c'era scampo, e ormai il nevischio era diventato neve.

In garage, Dorothy si infilò tra la giardinetta e la sua auto e aprì la portiera. Mentre si sedeva al volante, guardò per caso il pavimento; vide un pezzetto di stoffa rosso intenso. Scese dall'auto, si chinò a raccoglierlo e ricadde sul sedile stringendosi l'oggetto contro la guancia. John Kragopoulos, allarmato, le chiese: «Cosa c'è che non va, cara signora Prentiss?»

«Il guantino», gridò Dorothy. «È il guantino di Missy. L'aveva ieri quando le ho comprato il gelato. Probabilmente prima, scendendo dalla macchina, l'ho urtato con il piede ed è caduto sul pavimento. Non ne aveva mai due dello stesso paio, noi ci ridevamo sopra. E stamattina hanno trovato l'altro come questo sull'altalena.» Dorothy scoppiò a piangere, con singhiozzi brevi, secchi e continuati che cercava di soffocare premendosi il guantino contro le labbra.

John Kragopoulos la confortò con la sua voce calma: «L'unica cosa che posso dirle è che esiste un Dio misericordioso che ci ama, conosce il nostro dolore e la disperazione di quei genitori. E non mancherà di soccorrerci. Io ho fede in lui. E adesso, le dispiace se guido io?»

«Grazie», rispose Dorothy con un filo di voce. Mentre si spostava sul sedile accanto a quello di guida infilò in tasca il guantino, non voleva che Nancy e Ray lo vedessero; avrebbe spezzato loro il cuore. Con una fitta di dolore pensò a Missy: se l'era tolto per mangiare il suo cono di gelato. La vedeva ancora mentre lo lasciava cadere sul sedile. Oh, quei poveri bambini!

John Kragopoulos guidava volentieri. Era contento di allontanarsi da quella stanza, da quell'uomo ripugnante che l'aveva innervosito terribilmente. Aveva dei modi viscidi e indisponenti. E poi quell'odore di talco in camera da letto, quel giocattolo assurdo nella vasca da bagno... Com'era possibile che un adulto avesse bisogno di simili vezzi?

Su al terzo piano Parrish, tenendosi scostato dalla finestra, guardò l'auto che spariva, dietro la curva. Poi, con le mani che gli tremavano, tolse di tasca la chiave e aprì l'armadio.

Il ragazzino era sveglio. Aveva i capelli biondo-rossicci arruffati sulla fronte e i grandi occhi azzurri pieni di terrore. Il cerotto sulla bocca e le corde alle caviglie e ai polsi reggevano ancora benissimo.

Scostò il bambino con una spinta e prese la bambina sdraiata dietro di lui.

Sollevò il corpicino rigido e lo adagiò sul letto. Lanciò un urlo di rabbia e di disperazione quando vide che aveva gli occhi chiusi, e il viso gonfio e cianotico.

16

NANCY tirava l'orlo della coperta aprendo e chiudendo le mani nervosamente, e Lendon premuroso gliele coprì con le sue dita forti. Aveva il respiro affannoso, sconvolta com'era dall'ansia e dall'agitazione.

«Nancy, stai tranquilla. Tutti sappiamo che non hai fatto del male ai tuoi figli. È questo che ti preoccupa, vero?»

«Sì... sì. La gente crede che io abbia fatto loro del male. Come potevo ucciderli? Erano parte di me. Io sono morta assieme a loro...»

«Tutti noi moriamo un po' quando perdiamo una persona cara, Nancy. Prova a ripensare con me al periodo precedente alla disgrazia. Parlaci della tua adolescenza nell'Ohio.»

«Adolescenza?» La voce di Nancy si spense in un sussurro. Solo ora il suo corpo cominciava a rilassarsi.

«Sì. Dimmi di tuo padre. Io non l'ho conosciuto.»

Jed Coffin si agitò impaziente, facendo strisciare la sedia sul pavimento di legno. Lendon gli lanciò un'occhiata di rimprovero. «Ho le mie ragioni», rispose calmo. «Abbia pazienza, per favore.»

«Papà?» Nella voce di Nancy risuonò una nota d'allegria. Rise piano. «Era così divertente. La mamma e io andavamo sempre a prenderlo in macchina all'aeroporto quando tornava da un viaggio. In tanti anni non era mai rientrato senza un regalo per tutte e due. E, nel periodo delle vacanze, giravamo il mondo. Mi portavano sempre con loro. Mi ricordo di un viaggio...»

Ray non poteva staccare gli occhi da Nancy. Non l'aveva mai sentita parlare con quel tono di voce, animato, allegro, e ridere così. Forse era questo che cercava in lei, senza saperlo? Forse non era solo stanco di vivere nella paura che la scoprissero? Si augurava di sì.

Jonathan Knowles ascoltava attentamente, approvando in cuor suo la tecnica di Lendon Miles per conquistarsi la fiducia di Nancy e farla rilassare prima di cominciare con le domande sulla scomparsa dei bambini Harmon. L'unica tortura era il ticchettio della pendola... che scandiva lo scorrere del tempo. Si accorse che non poteva trattenersi dal guardare Dorothy. Sapeva di averla trattata bruscamente qualche ora prima incontrandola in giardino. Colpa della delusione provata scoprendo che lei gli aveva mentito, che aveva detto anche a lui di aver conosciuto Nancy da bambina.

Ma perché lo aveva fatto? Forse perché lui aveva lasciato capire che il viso di Nancy gli era vagamente familiare? Oppure semplicemente perché non si fidava di lui? Si chiese se per caso non si fosse comportato in quel suo modo professionale a cui Emily rispondeva di solito: «A lei il teste, avvocato».

Comunque, sapeva di dovere delle scuse a Dorothy. Aveva un aspetto terribile; la tensione la divorava. Non si era nemmeno tolta il cappotto, e teneva le mani affondate nelle tasche. Decise di parlarle appena possibile. Le occorreva una parola di conforto: quei bambini erano il centro dell'universo per lei.

La luce vacillò e si spense. «Ci mancava anche questa», disse Jed Coffin, appoggiando il microfono sul tavolo e mettendosi alla ricerca dei fiammiferi. Ray si affrettò ad accendere i due lumi a petrolio appoggiati sulla cappa. Un bagliore giallastro si mescolò al rosso vivo delle fiamme nel camino, illuminando il divano sui cui era stesa Nancy di una vivida luce rosata e gettando ombre profonde negli angoli della stanza.

Ray aveva l'impressione che il nevischio battesse più forte sui vetri e il vento soffiasse con più violenza tra i pini. Se i bambini erano all'aperto con quel tempo... La notte prima si era svegliato sentendo Missy tossire; ma poi l'aveva trovata immersa di nuovo in un sonno profondo, con la guancia appoggiata nel cavo della manina. Mentre si chinava su di lei per sistemarle le coperte, aveva mormorato: «Papà», e si era mossa. Era bastato posarle una mano sulla schiena per calmarla.

E Michael. Lui e Mike erano andati assieme a comprare il latte al *Wiggins' Market* il mattino prima. Non era stato proprio il mattino prima? Sulla porta del negozio avevano incontrato l'inquilino dell'Osservatorio, il signor Parrish, che stava uscendo. Li aveva salutati con un cordiale cenno del capo, ma appena era salito sulla sua vecchia giardinetta Ford, Michael aveva fatto una smorfia: «Non mi piace, quel tipo», aveva detto.

Ray, ripensandoci, quasi sorrise. Michael era un bambino robusto, ma aveva ereditato da Nancy l'insofferenza per tutto ciò che era brutto e, bisognava ammetterlo, Courtney Parrish era un uomo goffo, lento nei movimenti, insomma senza nessuna attrattiva.

Anche i Wiggins ne avevano avuto una cattiva impressione. Jack Wiggins aveva commentato caustico: «Quello è l'essere più lento che abbia incontrato in vita mia. Ciondola a destra e a sinistra come se avesse a disposizione tutto il tempo del mondo».

E Michael pensieroso: «A me invece il tempo non basta mai», aveva aggiunto. «Sto aiutando papà a restaurare una scrivania per la mia camera, e non faccio in tempo a mettermi al lavoro che è già ora di andare a scuola.»

«Hai proprio un aiutante in gamba, Ray», era stato il commento di Jack. «Io lo assumerei sui due piedi. Ha l'aria di uno che sgobba sul serio.»

Mike aveva preso il loro pacco. «Sono anche molto forte. Riesco a tenere in braccio mia sorella per un sacco di tempo.»

Ray strinse i pugni. Non era vero, non era possibile. I bambini scomparsi e Nancy sotto l'effetto di un sedativo. E adesso che cosa diceva?...

Parlava sempre con quel tono allegro ed eccitato. «Papà chiamava me e la mamma 'le sue bambine'...» Le tremò la voce.

«Che cos'hai, Nancy?» chiese il dottor Miles. «Tuo padre ti chiamava 'la mia bambina' e non ti piace ricordarlo?»

«No, no... le sue bambine... ma non come, non come... era diverso», urlava quasi, in segno di protesta.

Lendon cercò di calmarla. «D'accordo, Nancy. Non agitarti. Parliamo dell'università. Eri stata tu a voler andare tanto lontano da casa a studiare?»

«Sì, in effetti ero stata io, ma... stavo in pensiero per la mamma...»

«Perché stavi in pensiero per lei?»

«Temevo che si sentisse sola, senza papà... Avevamo venduto anche la casa e stava per trasferirsi in un appartamento. La vita era completamente cambiata per lei. Ma si era messa a lavorare, ed era contenta del suo lavoro. Diceva che dovevo andare all'università. Le piaceva dire: 'Oggi...'»

«Oggi è il primo giorno di una nuova vita», terminò Lendon con calma. Priscilla l'aveva detto anche a lui, appena arrivata nel suo studio dopo aver accompagnato Nancy sull'aereo. Gli aveva confessato di essere rimasta là a sventolare la mano in segno di saluto anche dopo che l'aereo era rullato verso la pista di decollo. Poi, con le lacrime agli occhi, aveva abbozzato un sorriso di scusa: «Vedi come sono ridicola», aveva detto cercando di ridere. «La proverbiale mamma chioccia.»

«Io trovo invece che ti stai comportando benissimo», aveva replicato Lendon.

«Quando si pensa a come può cambiare la vita... è incredibile. Un periodo intero, il più importante, tutt'a un tratto finisce. Ma, d'altra parte, io credo che quando si ha avuto qualcosa di assolutamente meraviglioso, tanta felicità, non si ha il diritto di guardare indietro e di rimpiangere. Ed è proprio questo che ho detto oggi a Nancy... non voglio che stia in pena per me. Voglio che si goda i suoi anni di università. Le ho detto che dovevamo ricordarci sempre, tutte e due quel motto che dice: 'Oggi è il primo giorno di una nuova vita'.»

Lendon ricordava che proprio in quel momento era arrivato un paziente. Allora l'aveva accolto come una benedizione perché era stato sul punto di prendere Priscilla tra le braccia.

«...ma andava tutto bene», continuava a dire Nancy, la voce ancora incerta. «Le lettere della mamma erano allegre. Amava il suo lavoro. E scriveva molto del dottor Miles... Io ero contenta.»

«Ti trovavi bene all'università, Nancy?» le chiese Lendon. «Avevi degli amici?»

«All'inizio sì. Le ragazze erano simpatiche e uscivo spessissimo.»

«E lo studio? Ti piacevano le materie d'insegnamento?»

«Oh, sì. Mi riuscivano tutte facili... tranne bio...»

Cambiò tono; pareva leggermente turbata. «Era la più dura. Non sono mai stata portata per le materie scientifiche, ma all'università erano obbligatorie. Così ero stata costretta a...»

«E lì conoscesti Carl Harmon.»

«Sì. Lui voleva aiutarmi in biologia. Mi faceva andare nel suo studio e lavoravamo assieme. Diceva che uscivo troppo e che se non avessi smesso avrei finito per ammalarmi. Era pieno di premure, mi dette anche delle vitamine da prendere. Probabilmente aveva ragione perché ero tanto stanca, tanto... e poi cominciai a sentirmi anche depressa, sentivo la mancanza della mamma...»

«Ma saresti tornata a casa, per Natale.»

«Sì, non c'era nessun motivo. Tutt'a un tratto poi mi

sentii così male... Ma non volevo metterla in agitazione, non le scrissi niente. Lei però deve aver capito lo stesso. Venne a trovarmi un fine settimana, perché stava in pensiero per me, lo so... E poi è morta... Perché era venuta a trovare me. E stata colpa mia... colpa mia...» La voce si alzò in un urlo di dolore, rompendosi in un singhiozzo.

Ray fece per accorrere, ma Jonathan lo trattenne. La lampada a petrolio mandava dei bagliori sul viso di Nancy, stravolto dal dolore. «Mamma!» gridò. «Oh, mamma, ti prego, dimmi che non sei morta... torna in vita! Oh, mamma... ti prego, torna in vita! Ho bisogno di te, mamma. Dimmi che non sei morta... mamma...»

Dorothy voltò la testa, mordendosi le labbra per frenare le lacrime. Ecco perché Nancy aveva preso così male la sua osservazione di essere una specie di nonna per Michael e Missy. Che cosa stava a fare lì, lei? A nessuno importava la sua presenza, non si accorgevano neppure di lei. Forse poteva rendersi utile preparando del caffè. Poteva darsi che Nancy ne bevesse una tazza al suo risveglio... Doveva anche togliersi il cappotto, ma aveva troppo freddo, il freddo della solitudine. Fissò il tappeto finché il disegno non le si confuse davanti agli occhi. Poi, alzando lo sguardo, incontrò quello di Jonathan Knowles, che la stava osservando da un po'.

«Carl ti ha aiutato dopo la morte di tua madre. È stato buono con te?» Perché Lendon Miles voleva a tutti i costi riesumare quel dolore? Che senso c'era a far rivivere a Nancy anche questo? Dorothy non ne poté più e si alzò.

Nancy gli rispose pacatamente. «Oh, sì. È stato molto buono con me, ha pensato a tutto.»

«E tu l'hai sposato.»

«Sì. Mi aveva detto che si sarebbe preso cura di me. E io ero stanca. È stato così buono con me...»

«Nancy, non devi ritenerti responsabile dell'incidente di tua madre. Tu non hai nessuna colpa.»

«Incidente?» Nancy pareva riflettere. «Incidente? Ma non è stato un incidente. Non è stato un incidente...»

«Sì, invece.» Lendon riuscì a parlare con calma, pur sentendosi stringere la gola.

«Non lo so. Non lo so.»

«Va bene. Ne parleremo dopo. Adesso raccontaci di Carl.»

«È stato buono con me...»

«Non fai che ripeterlo. In che senso è stato buono con te?»

«Si è preso cura di me. Io ero malata; ha dovuto fare tanto per me.»

«Che cosa faceva per te, Nancy?»

«Non lo voglio dire.»

«Perché, Nancy?»

«Non voglio. Non...»

«Va bene. Allora parlaci dei bambini. Di Peter e Lisa.»

«Erano così buoni...»

«Vuoi dire che erano ben educati.»

«Erano così buoni... troppo buoni.»

«Nancy, continui a ripetere la parola 'buono'. Carl era tanto buono con te. E i bambini erano buoni. Devi essere stata molto felice.»

«Felice? Ero così stanca.»

«Perché eri tanto stanca?»

«Carl diceva che stavo molto male. Era tanto buono con me.»

«Nancy, devi spiegarti. In che senso Carl era buono con te?»

«Si assicurava che io migliorassi. Lui voleva che migliorassi e diceva che dovevo fare la brava bambina.»

«Che malattia avevi, Nancy? Ti faceva male da qualche parte?»

«Così stanca... sempre così stanca. Carl mi aiutava.»

«In che modo ti aiutava?»

«Non voglio dirlo.»

«Ma devi dirlo, Nancy. Che cosa faceva Carl?»

«Sono stanca... Adesso sono stanca.»

«D'accordo, Nancy. Riposati qualche minuto, poi parleremo ancora. Riposati... riposati...»

Lendon si alzò. Il comandante Coffin lo prese immediatamente per un braccio e, con un cenno della testa, gli indicò la cucina. Appena usciti dal salotto, disse brusco: «Non arriveremo a niente. Ci vorranno forse delle ore e lei non scoprirà nulla. La ragazza si sente responsabile dell'incidente di sua madre perché è morta andando a trovare lei. Tutto qui. Ora, se crede di riuscire a sapere qualche particolare nuovo sul delitto Harmon, si sbrighi. Altrimenti la porto alla Centrale per l'interrogatorio».

«Non posso forzarla, sta appena cominciando a parlare. Ci sono molte cose che persino il suo subconscio si rifiuta di affrontare.»

Il capo della polizia osservò seccamente: «E io non oso affrontare il pensiero che magari quei bambini sono ancora vivi e io resto qui a sprecare del tempo prezioso».

«D'accordo, adesso le chiederò di stamattina. Ma prima mi lasci fare ancora qualche domanda sulla scomparsa dei bambini Harmon, la prego. I due fatti potrebbero essere collegati.»

Coffin guardò il suo orologio. «Dio, quasi le quattro. La poca visibilità che c'era sparirà, nel giro di mezz'ora. Dov'è la radio? Voglio sentire le previsioni del tempo.»

«Ce n'è una in cucina, capo.» Bernie Mills, l'agente di servizio alla casa, era uno zelante giovane sulla trentina. In dodici anni di servizio nella polizia, quello era senz'altro il caso più sensazionale che gli fosse capitato. Nancy Harmon. Nancy Eldredge era Nancy Harmon. La moglie di Ray Eldredge, accidenti. E proprio vero, pensò il giovane Bernie, che una persona non si conosce mai abbastanza. Lui e Ray Eldredge, da bambini, giocavano nella stessa squadra di calcio, d'estate; poi Ray era andato a studiare in un collegio lusso e all'Università di Dartmouth. Non si sarebbe mai aspettato che dopo il militare tornasse a stabilirsi a Cape Cod. Invece era andata proprio così, e aveva anche sposato la ragazza che abitava in affitto in quella casa, una vera bellezza, lo dicevano tutti. Erano corse delle chiacchiere sulla sua somiglianza con qualcuno, al tempo del matrimonio.

Allora, ricordava Bernie, lui aveva pensato che ci sono tantissime persone che si assomigliano a questo mondo. Per esempio suo zio, un ubriacone incallito che aveva rovinato la vita a sua zia, era il ritratto spiccicato di Barry Goldwater. Lanciò un'occhiata dalla finestra. Quelli della televisione erano ancora là fuori, con la loro radiomobile e tutto il resto. Chissà cosa avrebbero detto se avessero saputo che a Nancy Eldredge avevano iniettato il siero della verità! Quella sì che era una notizia! Non vedeva l'ora di tornare a casa per raccontare tutto a Jean. Cercò di immaginare cosa stava facendo in quel momento; il bambino metteva i denti, quella notte li aveva tenuti svegli tutti e due.

Per un solo, terribile, istante Bernie si chiese che cosa avrebbe provato se suo figlio fosse scomparso e fosse rimasto all'aperto con un tempo del genere, e lui non avesse saputo dove cercarlo. Era un pensiero talmente orrendo, sconvolgente, da mozzare il fiato e preferì dimenticarlo subito. Jean non perdeva d'occhio Bobby neanche un momento. A volte irritava persino lui, assillandolo di cure come faceva con il piccolo. Ma ora sapere che era così presente con il bambino lo rassicurava e calmava la sua apprensione. Bobby stava sicuramente bene, di Jean c'era da fidarsi.

In cucina Dorothy riempiva la caffettiera. A Bernie, quella donna dava un po' sui nervi. Aveva dei modi così... riservati, questo era il termine giusto. A volte era anche simpatica e cordiale, ma Bernie la trovava in genere troppo complicata per lui.

Accese la radio a transistor e immediatamente la voce di Dan Phillips, il cronista che leggeva il notiziario del WCOD a Hyannis, risuonò nella stanza. «Nuova svolta nel caso dei bambini Eldredge», disse Phillips, la voce carica di un'eccitazione decisamente non professionale. «Otto Linden, un meccanico della stazione di rifornimento Gulf sulla Route 28 di Hyannis, ci ha appena telefonato dicendosi sicuro di aver fatto il pieno di benzina a Rob Legler, stamattina alle nove. Rob Legler fu il teste chiave del processo Harmon, sette anni fa, e scomparve in seguito senza lasciare traccia. Il signor Linden afferma che Legler era nervoso e che gli ha detto spontaneamente di essere diretto a Hyannis Port per far visita a una persona che probabilmente non sarebbe stata contenta di vederlo. Era al volante di una Dodge rossa ultimo modello.»

Jed Coffin imprecò tra i denti. «E io sto qui a perdere tempo ascoltando quello sproloquio.» Andò dritto al telefono e alzò la cornetta proprio mentre squillava; dall'altra parte ebbero giusto il tempo di presentarsi. «Ho sentito», sbottò impaziente Coffin. «Va bene. Istituite posti di blocco su tutti i ponti per l'interno. Chiedi all'FBI di controllare sullo schedario dei disertori, cerca di sapere se sono al corrente dei più recenti spostamenti di Rob Legler. E segnala a tutte le auto la Dodge rossa.» Sbatté la cornetta al suo posto e si voltò, rivolgendosi a Lendon. «Adesso abbiamo una domanda chiara e semplice da fare alla signora Eldredge. Le chieda se Rob Legler è stato qui stamattina e che cosa le ha detto.»

«Intende dire...» Lendon lo fissava.

«Intendo dire che Rob Legler potrebbe spedire un'altra volta sotto processo Nancy Eldredge. Il caso Harmon non è stato mai chiuso. Ora, facciamo l'ipotesi che sia rimasto nascosto in Canada per questi sei anni e che adesso abbia bisogno di denaro. Al processo si era detto che Nancy Harmon aveva ereditato un bel patrimonio dai genitori. Rob Legler poteva sapere di questa somma, e poteva anche facilmente scoprire la nuova residenza di Nancy, che era nota alla Procura Distrettuale di San Francisco. Supponiamo che ne abbia abbastanza del Canada e voglia rimpatriare: allora gli servono dei quattrini. Perché non andare da Nancy e prometterle di non testimoniare più contro di lei se le rifaranno un processo? Sarebbe come farsi dare un assegno in bianco per il resto dei suoi giorni. E così viene qui. Le trattative degenerano. Lei non ci sta, oppure è lui che cambia idea. Lei sa che è ricercato, sa anche che potrebbe costituirsi: in entrambi i casi per Nancy Harmon significherebbe ritrovarsi a San Francisco sotto l'accusa di omicidio. E le cedono i nervi...»

«E per questo uccide i bambini?» gli chiese Lendon con tono sprezzante. «Non ha pensato invece che questo studente, che per poco sette anni fa non spediva Nancy nella camera a gas, è sempre nei dintorni in certi momenti? C'era quando scomparvero i bambini Harmon, ed era qui anche stamattina. Mi dia un'ultima possibilità», lo pregò Lendon. «Lasci che le chieda del giorno in cui scomparvero i bambini Harmon, solo questo. Voglio che mi dica che cosa è successo quel giorno.»

«Le concedo trenta minuti, non un attimo in più.»

Dorothy cominciò a versare il caffè nelle tazze che aveva disposto su un vassoio, e tagliò una torta preparata da Nancy il giorno prima... «Forse un po' di caffè farà bene a tutti», disse.

Portò il vassoio nel salotto. Ray era seduto sulla poltrona che Lendon aveva avvicinato al divano, teneva le mani di Nancy tra le sue e gliele accarezzava dolcemente. Lei stava immobile, con un respiro tranquillo, ma sentendo entrare gli altri si mosse ed emise un lamento.

Jonathan, in piedi accanto al camino, fissava le fiamme. Aveva acceso la pipa, e l'aroma intenso di buon tabacco impregnava la stanza. Dorothy depose il vassoio sul tavolo d'abete con un lungo sospiro. Si sentiva travolgere da un'ondata di intensa nostalgia: Kenneth fumava la pipa, e usava lo stesso tipo di tabacco. Lei e Kenneth adoravano i pomeriggi di brutto tempo come quello. Accendevano un bel fuoco scoppiettante e si mettevano seduti vicini, felici, con vino, formaggio e qualche libro. Provò un rimpianto acutissimo. Il rimpianto di sapere che non si può mai essere padroni della propria vita e che si passa quasi tutto il nostro tempo a reagire, non ad agire.

«Vuole del caffè e una fetta di torta?» chiese a Jonathan.

Lui la guardò pensieroso. «Sì, grazie.»

Sapeva che gli piaceva il caffè con un po' di panna liquida e un cucchiaino di zucchero. Glielo preparò senza fargli domande.

«Non farebbe meglio a levarsi il cappotto?» chiese lui.

«Tra un po'. Sono ancora intirizzita.»

Il dottor Miles e il comandante Coffin stavano bevendo il loro caffè. Dorothy ne versò un'altra tazza e la portò verso il divano. «Ray, per favore, bevi questo.»

Lui alzò gli occhi. «Grazie.» E prendendo la tazza mormorò a Nancy: «Andrà tutto bene, bambina mia».

Un brivido violento scosse Nancy. Spalancò gli occhi e alzò di scatto un braccio, facendo cadere di mano la tazza a Ray. La tazza andò in frantumi e il liquido bollente schizzò sulla vestaglia di Nancy e sulla coperta, e anche addosso a lei e a Ray. Indietreggiarono tutti e due mentre lei, come un animale in trappola, gridava: «Io non sono la tua bambina. Non chiamarmi bambina!»

17

COURTNEY Parrish si voltò con un profondo sospiro. Il corpicino giaceva immobile sul letto. Aveva tolto il cerotto dalla bocca di Missy e i lacci alle caviglie e ai polsi, ammucchiandoli sul letto, accanto alla giacca a vento della bambina. I suoi capelli morbidi come seta erano arruffati. Pensava di spazzolarglieli, dopo il bagno, ma adesso non era il caso, non lo desiderava nemmeno. Tutto quello che voleva era un segno di reazione da parte della bambina.

Michael era ancora nell'armadio. Quando Courtney lo prese in braccio e lo strinse contro il suo massiccio torace gli occhi del bambino si riempirono di terrore.

Lo adagiò sul letto, sciolse i lacci alle caviglie e ai polsi e con un gesto deciso gli strappò il cerotto dalla bocca. Il bambino lanciò un urlo di dolore, ma subito si morse le labbra. Sembrava più vulnerabile adesso, sospettoso, spaventato, ma con l'ardimento tipico dell'animale in trappola.

«Che cosa ha fatto a mia sorella?» Dal tono aggressivo con cui gli si rivolgeva, Courtney capì che non doveva aver bevuto tutto il latte con il sonnifero che gli aveva dato prima dell'arrivo di quei due maledetti seccatori.

«Dorme.»

«Ci lasci andare a casa nostra. Noi vogliamo tornare a casa. Lei non mi piace. L'ho detto, a papà, che lei non mi piaceva, e zia Dorothy è stata qui ma lei ci ha tenuti nascosti.»

Courtney alzò la mano destra e schiaffeggiò Michael su una guancia. Michael rovesciò indietro la testa ma poi, rotolando su se stesso, sfuggì alla sua stretta. Courtney tentò immediatamente di riacciuffarlo, perse l'equilibrio e cadde con un tonfo sul letto. I biondi capelli arruffati di Missy gli sfiorarono la bocca, distraendolo per un attimo. Poi si risollevò, si voltò e tornò a rimettersi in piedi, pronto a balzare su Michael. Ma questi, camminando all'indietro, era già arrivato alla porta della camera, l'aprì veloce e corse nel salotto accanto.

Courtney si lanciò all'inseguimento, rammentando all'improvviso che non aveva chiuso a chiave la porta d'ingresso. Non voleva che Dorothy sentisse lo scatto della serratura mentre scendeva le scale.

Michael spalancò la porta e attraversò correndo il pianerottolo. Le suole echeggiavano sui gradini di pietra. Fuggiva rapido, un'ombra minuscola che sfrecciava verso il buio amico del secondo piano. Courtney gli correva dietro, ma a un certo punto inciampò e cadde. Ruzzolò giù per sei scalini prima di riuscire a fermarsi aggrappandosi al robusto corrimano di legno. Si rialzò scuotendo con violenza il capo per schiarirsi le idee. La caviglia destra gli doleva. Ma doveva assicurarsi che la porta della cucina fosse chiusa.

Non sentiva più i passi del bambino. Probabilmente si era nascosto in una delle camere da letto del secondo piano, ma aveva tutto il tempo per cercarlo. Prima era più importante la porta della cucina. Le finestre non presentavano problemi: avevano serrature pesanti, a doppia mandata, e alla maniglia della porta d'ingresso non poteva arrivare, era troppo alta per lui. Doveva soltanto chiudere la porta della cucina, poi si sarebbe messo a cercarlo, stanza per stanza. L'avrebbe chiamato, per farlo spaventare; del resto era già terrorizzato. E con gli occhi pieni di paura assomigliava ancora di più a Nancy: una delizia che non si aspettava proprio. Ma non c'era tempo da perdere. Doveva assicurarsi che il bambino non lasciasse la casa.

«Torno subito, Michael», gridò. «Ti troverò. Ti troverò, Michael. Sei un bambino molto cattivo. Meriti un castigo, Michael. Mi senti, Michael?»

Gli parve di udire un rumore nella camera da letto alla sua destra. Vi entrò svelto, appoggiando con cautela il piede che gli doleva. E se invece il bambino avesse attraversato il pianerottolo e fosse andato di sotto? Preso dal panico, scese le ultime due rampe di scale. Sentiva, fuori, le onde della baia frangersi contro le rocce. Corse alla porta della cucina, da dove era solito entrare e uscire. Non aveva serratura ma un catenaccio piuttosto alto. Il suo respiro divenne un rantolo affannoso. Con le grosse dita tremanti tirò il catenaccio. Poi prese una sedia e la collocò sotto la maniglia. Il bambino non poteva spostarla, era troppo pesante. E non c'era altra via d'uscita dalla casa.

Il cielo tempestoso era ormai quasi buio. Courtney accese la luce ma dopo un istante essa tremò e si spense. Il vento doveva aver abbattuto qualche cavo. Al buio ora sarebbe stato più difficile trovare il bambino. Le camere da letto dei piani superiori erano zeppe di mobili. E in tutte c'erano armadi, oltre a profondi armadi a muro, in cui il bambino si sarebbe potuto nascondere. Courtney, furibondo, si morse le labbra e prese dal tavolo il lume a cherosene, strofinò un fiammifero e diede fuoco allo stoppino. Il vetro del lume era rosso. La fiamma gettò un lugubre bagliore rossastro sulla parete del camino, sul pavimento consunto e sulle grosse travi del soffitto. E mentre il vento ululava tra le imposte, Courtney gridò: «Michael... Tutto a posto, Michael. Non sono più arrabbiato. Vieni fuori. Michael! Ti porto da tua madre».

18

ROB Legler, per sei anni, aveva aspettato l'occasione di ricattare Nancy Harmon, fin dal giorno in cui era salito su un aereo per il Canada dopo aver stracciato in tanti piccoli pezzi il suo ordine d'imbarco per il Vietnam. In tutto quel tempo aveva lavorato come bracciante agricolo in una località nei pressi di Halifax; era l'unico lavoro che fosse riuscito a trovare, e lo odiava con tutte le sue forze. Mai però, neppure per un istante, aveva rimpianto la decisione di disertare. Chi diavolo poteva aver voglia di finire in un lurido buco rovente a farsi sparare da un branco di bastardi alti una spanna? Lui no di certo.

Si era dovuto fermare in quell'azienda agricola canadese perché non aveva scelta: era partito da San Francisco con sessanta dollari in tasca. Se fosse rimpatriato, l'avrebbero scaraventato in galera. E lui non intendeva affatto passare il resto dei suoi giorni scontando una condanna per diserzione. Adesso gli occorreva un bel mucchio di quattrini per squagliarsela altrove, per esempio in Argentina. Tanto, sapeva benissimo di non essere uno di quelle migliaia di disertori che, prima o poi, sarebbero riusciti a tornare negli Stati Uniti con dei documenti falsi. Per colpa di quel maledetto caso Harmon, lui era un ricercato.

Se solo non avessero revocato la sentenza, il caso sarebbe stato chiuso. Ma quel bastardo del procuratore distrettuale aveva detto che, anche a costo di impiegarci cent'anni, sarebbe riuscito a rimandare Nancy Harmon sotto processo per l'omicidio dei suoi figli. E Rob era il testimone, il testimone che forniva il movente.

Non poteva lasciar riaprire il processo. A quel tempo, il procuratore distrettuale aveva detto alla giuria che Nancy Harmon doveva avere dei motivi più validi per uccidere quei bambini, per rischiare la condanna a morte. «Quasi certamente era innamorata», aveva spiegato. «Siamo di fronte a una donna giovane e molto attraente che, a diciotto anni, si è sposata con un uomo assai più vecchio di lei. Certo, la sua era una vita invidiabile per parecchie altre ragazze: la devozione del professor Harmon verso la giovane moglie e i figli era d'esempio all'intera comunità universitaria. Ma lei, Nancy Harmon, era soddisfatta? No. Appena arriva in casa uno studente, mandato da suo marito per evitarle anche solo qualche ora di disagio, che cosa fa? Gli si mette alle costole, insiste per offrirgli un caffè, gli dice che è bello poter parlare con una persona giovane, poi dice che vuole andarsene di casa, corrisponde con passione alle sue avance, e infine quando lui le fa presente senza mezzi termini che 'non si sente tagliato per allevare dei bambini' lei, tranquillamente, gli assicura che i bambini verranno eliminati.

«Signore e signori della giuria, io disprezzo profondamente Rob Legler. Sono convinto che abbia usato questa sciocchina come un giocattolo. Non credo nemmeno per un attimo che la loro passione clandestina si sia limitata a qualche bacio... Però gli credo quando riferisce le parole di condanna che Nancy Harmon ha pronunciato contro i suoi figli.»

Andasse a farsi fottere. Robert, ogni volta che ripensava al discorso del procuratore distrettuale, si sentiva stringere lo stomaco per la paura. Quel bastardo avrebbe dato chissà cosa per provare la sua complicità nel delitto. E tutto era successo perché lui si trovava nell'ufficio del vecchio Harmon quando la moglie gli aveva telefonato per dirgli che la caldaia non funzionava più. Rob non era generoso d'abitudine. Ma riparare una macchina, un motore, un qualunque pezzo meccanico era la sua specialità; e poi aveva sentito dire da certi amici che quel lurido verme rompiscatole aveva per moglie una gran bella bambola.

Era stato questo interessante particolare a spingerlo a offrire il proprio aiuto. In un primo momento Harmon non aveva accettato la sua proposta ma poi, non essendo riuscito a mettersi in contatto con il servizio manutenzione, aveva cambiato idea. Non gli andava che la moglie si trasferisse in un motel con i bambini, come lei gli aveva suggerito.

E così Rob era andato a casa Harmon. Gli amici avevano ragione: quella ragazza era un vero schianto. Ma pareva non rendersene conto. Era così insicura, senza fiducia in se stessa. Era arrivato verso mezzogiorno, mentre lei stava dando da mangiare ai bambini... due bambini tranquilli, un maschio e una femmina. All'inizio non gli aveva prestato molta attenzione, si era limitata a ringraziarlo per essersi preso quel disturbo ed era tornata a occuparsi dei bambini.

Allora aveva capito che l'unica possibilità per farsi notare erano i figli, e si era subito messo a chiacchierare con loro. Rob sapeva far colpo, e aveva un debole per le pollastre più vecchie di lui, anche se questa, in fondo, non lo era poi tanto. Ma fin dall'età di sedici anni, quando si era fatto la moglie del suo vicino di casa, aveva imparato che se sei gentile con i figli di una donna, lei si convince subito che tu sei «quello giusto» e tutti i sensi di colpa vanno a farsi benedire. Ragazzi, Rob avrebbe potuto scrivere un trattato sulle motivazioni razionali del complesso materno!

In un paio di minuti era riuscito a far ridere sia i bambini sia Nancy, poi aveva invitato il maschietto a seguirlo in cantina per aiutarlo a riparare la caldaia. Come previsto, la bambina aveva subito detto che voleva andarci anche lei e Nancy aveva deciso di accompagnarli per badare che non gli dessero fastidio. Il guasto alla caldaia non era serio – solo un filtro otturato – ma lui aveva stabilito che bisognava sostituire un pezzo, e dopo quella riparazione provvisoria sarebbe tornato perché ci teneva che fosse un lavoro ben fatto.

Se n'era andato subito, la prima volta. Non era tanto stupido da far nascere sospetti al vecchio Harmon. Era tornato direttamente nel suo ufficio: Harmon, aprendogli la porta, aveva l'aria preoccupata, ma vedendo Rob era uscito in un gran sorriso di sollievo. «Già fatto? Devi proprio essere un mago. Oppure non sei riuscito a riparare il guasto?»

E Rob: «L'ho fatta ripartire, ma occorre cambiare un pezzo, signore. Se permette, glielo procurerò io. È una cosa da niente, ma quelli della manutenzione le farebbero spendere un capitale. Io invece posso cavarmela con un paio di dollari. E sarà un vero piacere».

Harmon se l'era bevuta, naturalmente. L'idea di risparmiare lo aveva convinto. E Rob era tornato a casa sua l'indomani, e il giorno dopo ancora. Harmon lo aveva avvertito che sua moglie era molto nervosa e aveva bisogno di riposo e quindi di non disturbarla. Ma Rob non aveva notato in lei il minimo segno di nervosismo. Era timida, probabilmente, spaventata, quello sì. L'aveva fatta parlare. Lei gli aveva raccontato dell'esaurimento nervoso che l'aveva afflitta dopo la morte di sua madre. «Ero terribilmente depressa», gli aveva confidato. «Ma adesso sono sicura di stare meglio. Ho persino smesso quasi del tutto di prendere la medicina. Mio marito non lo vuole capire, forse è convinto che stia ancora male. Ma io mi sento meglio senza medicine.»

Rob le aveva detto che era molto carina, tanto per tastare il terreno. Cominciava a sospettare che fosse una preda facile. Si capiva benissimo che ne aveva fin sopra i capelli del vecchio Harmon e stava diventando insofferente. Le aveva anche suggerito che forse le avrebbe fatto bene uscire di più. «A mio marito non piace la compagnia. Alla fine della giornata non ha voglia di vedere altra gente, dopo aver lottato con tutti quegli studenti.»

A quel punto, era stato sicuro di poter tentare la prima mossa.

Rob aveva un alibi a prova di bomba per la mattina della scomparsa dei bambini Harmon. Aveva assistito a una lezione, ed erano solo in sei studenti. Ma il procuratore distrettuale gli aveva assicurato che se fosse riuscito a trovare la minima prova, sarebbe stato contentissimo di accusarlo di complicità. Rob si era preso una paura da morire e aveva assunto un avvocato. Non voleva che il procuratore distrettuale ficcasse il naso nel suo passato e scoprisse che era stato citato in una causa per riconoscimento di paternità a Cooperstown. L'avvocato gli aveva consigliato di farsi passare per uno studente rispettoso dell'illustre professore e desideroso solo di rendersi utile, che aveva fatto di tutto per girare alla larga da sua moglie, malgrado lei gli stesse appiccicata alle costole. E che non solo non aveva preso sul serio le sue parole a proposito di eliminare i figli, ma aveva pensato che fosse soltanto malata di nervi, come aveva detto il professore.

Ma sul banco dei testimoni le cose erano andate diversamente. «Ha provato un'immediata attrazione fisica per questa ragazza?» gli aveva chiesto mellifluo il procuratore distrettuale.

Rob aveva guardato Nancy, seduta al tavolo della difesa accanto al suo avvocato, che lo fissava senza vederlo, con occhi assenti.

«Non mi è neanche passata per la testa un'idea del genere, signore», aveva risposto. «Per me la signora Harmon era solo la moglie di un insegnante di cui avevo molta stima. Volevo semplicemente riparare la caldaia e tornarmene nella mia stanza, a preparare una certa relazione. E poi una donna sposata e con dei figli non fa certo per me.» E su quell'aggiunta ricercata, su quell'ultima maledetta frase il procuratore distrettuale si era accanito per tutto il resto dell'interrogatorio. Alla fine della deposizione Rob era sudato fradicio.

Sì, aveva sentito dire che la moglie del professore era una bella donna... No, si era offerto spontaneamente di riparare il guasto, nessuno l'aveva costretto... Sì, era curioso di darle un'occhiata. Sì, le aveva fatto delle avance...

«Ma niente altro!» aveva urlato Rob dal banco dei testimoni. «Con duemila studentesse al campus non avevo certo bisogno di mettermi nei guai.» Ma poi aveva ammesso di aver detto a Nancy che la desiderava e che se la sarebbe portata volentieri a letto.

Il procuratore distrettuale, dopo avergli rivolto uno sguardo sdegnato, aveva fatto mettere a verbale non solo la sua causa per il riconoscimento di paternità a Cooperstown, ma anche la storia di quella volta che un marito furioso l'aveva preso a pugni.

E aveva detto: «Questo cascamorto non era certo il tipo da offrire il proprio aiuto per generosità d'animo. Se è andato in quella casa è stato per vedere con i suoi occhi una donna bella e giovane di cui aveva sentito solo parlare. E poi ha sfoderato tutte le sue arti per abbindolarla. Ma il gioco è andato oltre le sue più sfrenate immaginazioni. Signore e signori della giuria, io non voglio farvi intendere che Rob Legler sia complice nell'assassinio dei figli di Nancy Harmon. Perlomeno non in termini di legge. Ma sono fermamente convinto che egli sia ugualmente colpevole davanti a Dio e secondo la legge morale. Ha detto chiaro e tondo a questa ragazza ingenua e ingrata che lui – sono parole sue – se la sarebbe portata volentieri a letto se fosse stata libera, e lei ha scelto una libertà che ripugna all'istinto più profondo di ogni essere umano. Ha assassinato i suoi figli per liberarsi di loro».

Nancy era stata condannata alla camera a gas. Il professor Harmon si era suicidato. Era andato in macchina fino alla spiaggia dove avevano trovato il cadavere di uno dei bambini e, sul volante, aveva lasciato un biglietto, in cui diceva che era tutta colpa sua. Che avrebbe dovuto capire fino a che punto era malata sua moglie e toglierle i bambini: e quindi era responsabile della loro morte e del suo delitto. «Ho preteso di sostituirmi a Dio», aveva scritto. «L'amavo tanto che ero sicuro di poterla curare. Pensavo che occupandosi dei nostri figli avrebbe dimenticato il dolore per la morte di sua madre. Pensavo che l'amore e le premure l'avrebbero guarita, ma mi sono sbagliato. Ho sopravvalutato le mie capacità Perdonami, Nancy.»

L'annuncio della revoca della sentenza non aveva suscitato entusiasmi. Si era arrivati a quella decisione perché due donne della giuria avevano liberamente discusso del caso Harmon in un bar durante il processo, affermando che quella donna era senz'altro colpevole. Poi, prima che riaprissero un altro processo, Rob Legler aveva fatto in tempo a laurearsi, a essere destinato al Vietnam e a disertare. Senza di lui il procuratore distrettuale non poteva procedere e quindi era stato costretto a rimettere Nancy in libertà. Ma aveva giurato di riportarla in tribunale non appena fosse riuscito a ripescare Rob.

Durante il soggiorno in Canada, Rob aveva ripensato spesso a quel processo. C'era qualcosa che non lo convinceva. Sinceramente, a essere obiettivo, non poteva credere Nancy un'assassina. In tribunale era stata un bersaglio facile per l'accusa: come un gioco al piattello. E Harmon non le era stato certo d'aiuto, crollando sul banco dei testimoni in quel modo mentre ci si sarebbe aspettati di sentirgli dire che lei era la migliore delle madri.

In Canada Rob aveva acquistato popolarità fra i disertori con cui viveva e con i quali aveva parlato del processo. Gli avevano fatto un sacco di domande su Nancy, e lui aveva detto chiaramente che era un gran bocconcino, lasciando intendere di avere avuto una piccola avventura con lei e mostrando a tutti i ritagli di giornale e le foto di Nancy.

Aveva raccontato anche che lei aveva un sacco di soldi – al processo si era saputo che i genitori le avevano lasciato un'ingente eredità – e che se fosse riuscito a trovarla le avrebbe chiesto del denaro per andare in Argentina.

E poi ecco il colpo di fortuna. Un suo amico, Jim Ellis, che lo sapeva implicato nel caso Harmon, era rimpatriato clandestinamente per andare a trovare sua madre che stava morendo di cancro. La madre viveva a Boston ma, siccome l'FBI sorvegliava la casa nella speranza di beccare Jim, era andata ad attenderlo in un cottage preso in affitto a Cape Cod, sul Lago Maushop. E Jim, tornando in Canada, sprizzava scintille. Aveva chiesto subito a Rob che cosa era disposto a dargli per sapere dove si trovava Nancy Harmon.

Rob dapprima non gli aveva creduto, ma poi aveva visto la foto che Jim era riuscito a scattare a Nancy sulla spiaggia. Era lei, senz'ombra di dubbio. E Jim aveva fatto anche qualche indagine per conto suo. Il passato coincideva, e l'attuale marito era in condizioni economiche piuttosto floride. Senza perder tempo avevano stipulato un accordo. Rob sarebbe andato da Nancy, le avrebbe detto che se gli dava 50.000 dollari se ne sarebbe andato in Argentina e non si sarebbe più fatto vivo. Rob pensava proprio che avrebbe accettato, soprattutto adesso che si era risposata e aveva altri due figli. Era un prezzo anche troppo basso in cambio della sicurezza di non vedersi rispedire per direttissima su un banco degli imputati in California.

Jim voleva il venti per cento. Mentre Rob andava da Nancy, lui avrebbe pensato a procurare i passaporti falsi e due prenotazioni per l'Argentina. Si poteva avere tutto, pagando.

Avevano preparato accuratamente il loro piano. Rob era riuscito a farsi prestare l'auto di un ragazzo americano che studiava in Canada. E, prima di mettersi in viaggio, si era tagliato barba e capelli. Jim l'aveva avvertito che i poliziotti di quelle maledette cittadine bigotte del New England stanavano con il radar chiunque avesse vagamente l'aspetto di un hippie.

Rob aveva deciso di fare tutto in una volta il viaggio da Halifax, senza soste. Meno tempo rimaneva negli Stati Uniti, e meno probabilità aveva di essere beccato. Aveva previsto di arrivare a Cape Cod nelle prime ore del mattino. Jim gli aveva detto che il marito di Nancy apriva il suo ufficio verso le nove e mezzo. Contava di arrivare da lei per le dieci. Jim gli aveva disegnato una pianta della zona, indicandogli la strada dietro la casa e il vialetto attraverso il bosco dove poteva lasciare la macchina perché nessuno la vedesse.

Poco prima di Cape Cod si era accorto di aver quasi finito la benzina. Ecco perché era uscito dall'autostrada a Hyannis per fare il pieno. A sentire Jim quella zona brulicava di turisti anche fuori stagione, e quindi c'erano meno probabilità che lo individuassero. Per tutto il viaggio aveva continuato a chiedersi se gli conveniva proporre l'accordo solo a Nancy o a lei e al marito assieme; doveva sapere di sicuro che sua moglie era piena di soldi. Ma se avesse chiamato la polizia? L'avrebbero accusato di diserzione e di tentata estorsione. No, meglio parlare solo con Nancy. Certamente non aveva dimenticato le ore passate al tavolo della difesa, in tribunale.

Il benzinaio era stato premurosissimo. Aveva controllato tutto, pulito il parabrezza e gonfiato i pneumatici senza bisogno di chiederglielo. Ecco perché Rob si era fatto prendere in contropiede. Facendogli il conto, il benzinaio gli aveva chiesto se era venuto da quelle parti per pescare. E lui, balbettando, aveva risposto che sì, in effetti, voleva «pescare» qualcuno, una ragazza di Adams Port che probabilmente non sarebbe stata felice di vederlo. Poi, maledicendosi per quel suo viziaccio di parlare sempre troppo, aveva tagliato velocemente la corda e si era fermato a far colazione in un bar poco distante.

Era arrivato ad Adams Port alle dieci meno un quarto. Aveva percorso lentamente le strade, studiando la mappa di Jimmy, per farsi un'idea della cittadina. Eppure c'era mancato poco che gli sfuggisse il vialetto fangoso che portava alla casa di Nancy. Se n'era accorto solo dopo averlo sorpassato, benché avesse anche rallentato per fare uscire una vecchia Ford giardinetta. Innestata la retromarcia, si era infilato nel vialetto, aveva fermato la macchina e si era diretto a piedi verso la porta di servizio. E in quel momento lei era uscita di casa correndo e gridando quei nomi: Peter, Lisa... I nomi dei bambini morti. L'aveva seguita nel bosco, fino al lago, e l'aveva vista entrare nell'acqua. Stava per andare a raggiungerla ma lei ce l'aveva fatta a uscire da sola ed era caduta sulla sabbia. Aveva guardato verso di lui: di questo era sicuro. E pur non essendo certo che l'avesse visto, aveva intuito che gli conveniva andarsene. Non capiva che cosa stesse succedendo, ma non intendeva trovarsi coinvolto.

In macchina si era calmato. Forse si era messa a bere. Se chiamava ancora i figli morti, sarebbe stata ancora più felice di liberarsi per sempre dall'incubo di un nuovo processo. Aveva deciso di fermarsi in un motel di Adams Port e di tentare di vederla il giorno seguente.

Arrivato al motel, Rob si infilò a letto e si addormentò. Si svegliò nel tardo pomeriggio. Accese la televisione per sentire il notiziario. Sullo schermo vide la sua foto, e sentì una voce che spiegava che lui era stato il teste chiave del caso Harmon, scomparso senza lasciar traccia. Impietrito, Rob ascoltò il resoconto del cronista sulla scomparsa dei bambini Eldredge. Per la prima volta in vita sua si sentì in trappola. Adesso, senza barba e con i capelli corti, era identico a quella fotografia.

Se Nancy aveva ucciso anche questi figli, stavolta chi l'avrebbe creduto estraneo agli avvenimenti? Dovevano essere scomparsi qualche minuto prima del suo arrivo. A Rob venne in mente la vecchia giardinetta Ford uscita dal vialetto: targa del Massachusetts, i primi due numeri erano 8 e 6... al volante c'era un uomo tarchiato.

Ma non poteva dirlo, nemmeno se lo avessero preso.

Non poteva ammettere di essere stato a casa Eldredge quel mattino. Altrimenti, chi l'avrebbe creduto innocente? L'istinto di conservazione suggerì a Rob Legler di filar via da Cape Cod e di certo non a bordo della Dodge rosso fuoco a cui davano la caccia tutti i poliziotti della zona.

Preparò la valigia e sgattaiolò dall'uscita di servizio. Accanto alla sua macchina era posteggiato un Maggiolino Volkswagen, da cui poco prima, guardando dalla finestra, aveva visto scendere una coppia. Se il suo intuito non l'ingannava, era probabile che quei due pensassero ai fatti loro per un paio d'ore. E nemmeno un cane, in quel momento, se la sentiva di affrontare il vento e la neve.

Rob aprì il cofano della Volkswagen, stabilì il contatto tra alcuni fili e mise in moto. Doveva percorrere la Route 6A che portava al ponte. Con un po' di fortuna in mezz'ora sarebbe stato lontano da Cape Cod.

Sei minuti dopo si fermava a un semaforo rosso. Trenta secondi dopo lanciava un'occhiata allo specchietto retrovisore e vi vedeva riflessa una luce rossa lampeggiante. Un'auto della polizia lo stava inseguendo. Per un istante pensò di arrendersi, ma il desiderio di tenersi fuori dai guai ebbe il sopravvento. Svoltò dietro un angolo e, buttata la valigia sull'acceleratore, spalancò la portiera e saltò giù dall'auto. Mentre scompariva tra i boschi delle imponenti ville di stile coloniale l'auto della polizia, a sirena spiegata, si gettava all'inseguimento della Volkswagen che sbandava a tutto spiano giù per la discesa.

19

MICHAEL, quando si era lanciato giù per le scale, era sicuro che il signor Parrish l'avrebbe preso.

Ma poi sentì quel tremendo tonfo, e capì che il signor Parrish era caduto. Michael sapeva che, se voleva sfuggirgli, non doveva fare il minimo rumore. Gli tornò in mente quella volta che la mamma aveva fatto togliere la passatoia alle scale di casa. «Adesso, finché non arriverà quella nuova, voi bambini farete un gioco», aveva detto. «Un gioco che si chiama 'camminare da persone civili'.» Per lui e per Missy era stato un gran divertimento scendere le scale in punta di piedi, vicino alla ringhiera. Erano diventati tanto bravi che, anche in seguito, continuavano a ripetere quel gioco per farsi le sorprese e spaventarsi a vicenda. E adesso, camminando leggero, Michael arrivò senza far rumore al primo piano. Sentiva il signor Parrish che lo chiamava e gli diceva che l'avrebbe trovato.

Doveva andarsene da quella casa, lo sapeva. Doveva scendere per la strada a curve fino al lungo viale che portava al *Wiggins' Market* oppure attraversare la Route 6A e prendere la strada di casa. Doveva andare da papà, e riportarlo lì a prendere Missy.

Proprio il giorno prima aveva detto a papà che il signor Parrish non gli piaceva. Adesso lo temeva. Michael si sentiva soffocare dalla paura, mentre correva nel buio della casa. Il signor Parrish era un uomo cattivo. Per questo li aveva legati e rinchiusi nell'armadio. E Missy si era talmente spaventata che ora non riusciva a svegliarsi. Michael aveva tentato di toccare Missy quando erano chiusi nell'armadio. Sapeva che lei aveva paura. Ma non era riuscito a liberarsi le mani. Da dentro l'armadio aveva sentito la voce di zia Dorothy, ma lei non aveva chiesto di loro; era lì a pochi passi e non aveva indovinato la loro presenza. Era molto arrabbiato con zia Dorothy perché non si era accorta che avevano bisogno d'aiuto. Avrebbe dovuto sentirlo.

Stava diventando tremendamente buio. Ci si vedeva a malapena. Arrivato in fondo alle scale Michael si guardò attorno confuso, poi corse verso il retro della casa. Si trovò in cucina. Lì c'era la porta che dava all'esterno. La raggiunse rapidissimo e posò la mano sulla maniglia. Stava per girate la chiave nella toppa quando sentì i passi avvicinarsi: il signor Parrish. Gli tremarono le ginocchia. Se la porta non si fosse aperta, il signor Parrish l'avrebbe preso. Svelto e senza far rumore Michael corse nella piccola anticamera, e da lì si rifugiò nel salottino. Sentì il signor Parrish tirare il catenaccio della porta della cucina, e poi trascinare una sedia sotto la maniglia. Appena si accese la luce in cucina, Michael si infilò dietro il grosso divano e si rannicchiò, piano, rimanendo quasi schiacciato contro la parete. La polvere uscita dal divano gli solleticò il naso. Gli venne da starnutire. Improvvisamente le luci in cucina e nell'ingresso si spensero e la casa piombò nel buio assoluto. Sentì il signor Parrish che si muoveva e poi accendeva un fiammifero.

Un attimo dopo nella cucina si diffuse un chiarore rossastro, e il signor Parrish gridò: «Tutto a posto, Michael. Non sono più arrabbiato. Vieni fuori, Michael! Ti porto da tua madre».

20

JOHN Kragopoulos, lasciata Dorothy, aveva intenzione di tornare subito a New York, ma un vago stato di depressione unito a un forte mal di testa lo fecero presto desistere dall'idea di affrontare cinque ore di viaggio. La colpa era di quel tempo infame, naturalmente, e della profonda angoscia di Dorothy, che non poteva non riuscire contagiosa. Gli aveva mostrato la foto dei bambini che teneva nel portafoglio, e il pensiero che quei poverini stessero soffrendo gli aveva lasciato un senso di nausea allo stomaco.

Ma che razza di idee assurde, si disse. Rimaneva sempre la possibilità che i bambini si fossero allontanati per conto proprio. Chi poteva far del male a un bambino? John pensò ai suoi gemelli di ventotto anni, uno pilota dell'Air Force e l'altro architetto. Bei ragazzi, tutti e due, un vero orgoglio per un padre. E poi, pensando che sarebbero sopravvissuti a lui e alla loro madre per tanti anni, era come se facessero parte della sua immortalità. Immaginarsi quindi se, da bambini, fossero scomparsi...

Era sulla Route 6A, diretto verso l'interno. Più avanti, sulla destra, vide un bel ristorante. La sua insegna luminosa, *La fermata*, era come un faro di salvezza nel buio del pomeriggio. John, istintivamente, sterzò e si infilò nel posteggio. Erano quasi le tre, e all'improvviso si era ricordato che in tutto il giorno non aveva preso che un caffè e una fetta di pane tostato. Il maltempo lo aveva costretto a fare il lungo viaggio da New York a velocità bassissima e non aveva avuto il tempo di pranzare.

Gli sembrava sensato fare un pasto decente almeno prima di rimettersi in viaggio. E poi quattro chiacchiere con il personale di un ristorante della zona potevano essere proficue per gli affari. Forse gli avrebbero dato qualche informazione utile.

Entrò nel locale e, dopo aver apprezzato l'arredamento rustico, andò al bar. Era deserto, ma la mancanza di clienti prima delle cinque del pomeriggio era normale in una cittadina. Ordinò un Chivas Regal con ghiaccio e al barista che glielo serviva chiese se poteva mangiare qualcosa.

«Non c'è problema.» Il barista era sulla quarantina, aveva i capelli scuri e delle basette esageratamente lunghe. John rimase favorevolmente impressionato dalla cortesia con cui gli aveva risposto e dalla pulizia del locale. Arrivò subito il menu. «Se le va una bistecca, abbiamo del lombo di manzo eccezionale!» disse il barista. «La cucina resta chiusa dalle due alle cinque, ma se non ha niente in contrario a mangiare qui...»

«Benissimo.» John ordinò una bistecca al sangue e dell'insalata verde. Il Chivas l'aveva riscaldato, e il suo umore cominciava a risollevarsi. «Buono questo whisky», osservò.

Il barista sorrise. «Bisogna avere una certa mano per fare uno Scotch con ghiaccio come si deve», precisò.

«Sono anch'io del mestiere, sa?» John decise di essere sincero. «Sto pensando di comprare quello che qui chiamate l'Osservatorio per trasformarlo in ristorante. Lei che cosa ne dice, così, a naso?»

L'uomo fece ripetuti cenni d'assenso. «Dovrebbe andare. Un ristorante di classe, intendo. Qui trattiamo bene, ma viene solo gente di livello medio. Famiglie con bambini, vecchie signore in pensione, turisti diretti alle spiagge o ai negozi d'antiquariato. Siamo sulla strada principale. Ma con un posto come l'Osservatorio, proprio sulla baia, una bell'atmosfera, un buon menu e dei buoni vini... si potrebbe pestar duro con i prezzi e avere sempre lo stesso tutto completo.»

«Credo anch'io.»

«Certo però che, al posto suo, mi toglierei dai piedi quell'individuo odioso che ha in affitto l'ultimo piano.»

«Stavo proprio pensando a lui. Ha un'aria strana.»

«Viene qui tutti gli anni in questo periodo, per la pesca... Lo so perché me l'ha detto Ray Eldredge. Bravo ragazzo, Ray Eldredge. È il padre dei bambini scomparsi oggi.»

«Sì, lo so.»

«Un peccato, maledizione. Dei bambini così buoni. Ray e la signora Eldredge li portavano da noi ogni tanto. È una vera bellezza, la moglie di Ray. Ma, come stavo per dirle, io non sono di qui. Lavoravo in un bar di New York, ma alla terza volta che mi hanno aggredito mentre tornavo a casa di notte ho deciso di piantare tutto. Ho sempre avuto la passione della pesca, ecco perché sono finito qui. E un giorno, qualche settimana fa, quel tipo arriva e mi ordina da bere. Bene, io cerco sempre di mettere a proprio agio i clienti, di farli parlare, così si scaricano i nervi, e allora tanto per dire qualcosa gli chiedo se si sarebbe fermato in settembre per le seriole. Sa che cosa mi ha risposto quell'idiota?»

John attese.

«Niente. Zero assoluto. Non sapeva neanche di che cosa stessi parlando.» Il barista lo fissava, con le mani sui fianchi. «Le pare possibile che uno che da sette anni viene a Cape Cod a pescare non sappia cosa sono le seriole?»

Portarono la bistecca. John, riconoscente, si mise a mangiare. Era squisita. Il sapore di quella carne di prima scelta e il tepore del whisky gli davano un vero senso di benessere. Più rilassato, cominciò a pensare all'Osservatorio.

Le parole del barista l'avevano convinto definitivamente: avrebbe fatto la sua offerta.

Quella casa gli era piaciuta. Solo all'ultimo piano aveva cominciato a provare un senso di disagio. Proprio così: nell'appartamento del signor Parrish si era sentito inquieto.

John finì la bistecca immerso nei suoi pensieri e pagò meccanicamente il conto, badando comunque a lasciare una mancia generosa al barista. Uscì dal ristorante alzando il bavero del cappotto e salì in auto. E ora? Ora doveva rientrare in autostrada e proseguire verso l'interno. Ma non si decideva. Restò seduto in macchina parecchi minuti, incerto sul da farsi. Che cosa gli prendeva? Stava comportandosi da idiota. Perché voleva assolutamente tornare all'Osservatorio? Assurdo.

Eppure non c'erano dubbi: Courtney Parrish era nervoso. Da troppi anni John era abituato a valutare il prossimo, sapeva riconoscere perfettamente i segni della tensione nervosa. Quell'uomo era preoccupato... disperatamente ansioso che lui e Dorothy se ne andassero. Perché? E aveva un tremendo puzzo di sudore addosso, l'odore della paura: paura di che? E poi quel cannocchiale. Parrish si era precipitato a spostarlo appena aveva accennato a guardarvi dentro. E lui, rimettendolo più o meno com'era, aveva visto le auto della polizia ferme attorno alla casa degli Eldredge. Un cannocchiale incredibilmente potente. Uno strumento che, puntato su casa d'altri, avrebbe consentito di violare l'intimità del prossimo... roba da guardoni, in poche parole.

E se Courtney Parrish fosse stato incollato al suo cannocchiale al momento della scomparsa dei bambini Eldredge dal giardino e avesse visto qualcosa? Ma in un caso del genere avrebbe sicuramente chiamato la polizia.

In macchina faceva freddo. John avviò il motore e aspettò che si scaldasse prima di aprire il riscaldamento. Poi si accese un sigaro con l'accendino Dunhill d'oro che sua moglie gli aveva regalato per il loro anniversario: un oggetto prezioso e anche particolarmente caro. Aspirò lunghe boccate perché tutta la punta prendesse fuoco.

Era un imbecille. Un imbecille sospettoso. Che cosa poteva fare? Telefonare alla polizia e dire che aveva visto un uomo un po' nervoso e che quindi era opportuno fargli una visitina? Anche ammesso che seguissero il suo consiglio, Courtney Parrish poteva sempre difendersi dicendo: «Ero irritato perché stavo per fare il bagno quando mi hanno avvisato che sarebbero venuti in casa dopo pochi minuti». Comprensibilissimo. Le persone che vivono sole finiscono per diventare abitudinarie.

Solo. Ma era vero? Ecco il punto su cui John non sapeva darsi pace: si era aspettato di vedere qualcun altro in quell'appartamento. Perché aveva avuto il sospetto che Parrish non fosse solo.

Colpa di quel giocattolo nella vasca. Certo. Un papero di gomma. Incredibile. E quel nauseabondo profumo di borotalco...

Un sospetto, così assurdo che non avrebbe trovato il coraggio di formulare ad alta voce nemmeno a se stesso, prese forma nella mente di John Kragopoulos.

Ora sapeva che cosa fare. Tolse di tasca l'accendino e lo chiuse nel cassetto del cruscotto.

Sarebbe tornato all'Osservatorio, l'avrebbe colto di sorpresa. E a Courtney Parrish, quando veniva ad aprirgli la porta, avrebbe chiesto il permesso di cercare il suo accendino, dicendo che doveva essergli caduto di tasca mentre visitava la casa. Era una scusa plausibile, e intanto avrebbe guardato in giro per bene, chiarendo le cose una volta per tutte. Se si trattava solo di un sospetto assurdo, tanto meglio: in caso contrario, probabilmente avrebbe avuto qualcosa di più di un sospetto da fornire alla polizia.

John, ormai deciso, premette l'acceleratore e rientrò

in autostrada, prendendo la stessa direzione da cui era venuto. Tornava ad Adams Port e alla tortuosa strada sulla collina che portava all'Osservatorio. L'immagine di uno scolorito papero di gomma scrostata gli volteggiava nella mente mentre guidava sotto il nevischio.

21

NON voleva ricordare. Non c'era che dolore nel suo passato. Una volta, da piccola, Nancy si era alzata in punta di piedi e aveva rovesciato una pentola che bolliva sul fornello. Rivedeva ancora quella cascata di salsa di pomodoro rosso brillante che le veniva addosso. Era stata settimane in ospedale, e aveva ancora sul petto i segni delle cicatrici.

Carl le aveva chiesto qual era la causa di quelle cicatrici e gliele aveva accarezzate. «Povera bambina, povera bambina», diceva, e voleva che lei gli raccontasse continuamente di quell'incidente. «Hai sentito molto male?» le chiedeva.

Anche ricordare era lo stesso... faceva male, soltanto male. Era meglio non ricordare, dimenticare... dimenticare, rifiutarsi di ricordare...

Ma quelle domande continuavano insistenti, lontane. A proposito di Carl, della mamma, di Lisa, di Peter... E poi la sua voce. Era lei che parlava, che rispondeva.

«No, per piacere, non voglio parlarne.»

«Ma devi farlo. Devi aiutarci.» Quella voce ostinata Perché? Perché?

«Perché avevi paura di Carl, Nancy?»

Doveva rispondere, se non altro per far cessare le domande.

Sentì la propria voce, remota, che tentava di rispondere. Le pareva di vedere se stessa recitare una parte... Ora la scena cominciava a mettersi a fuoco.

La mamma. La cena. L'ultima volta che aveva visto la mamma... Il viso della mamma così preoccupato, i suoi occhi che non si staccavano da lei e da Carl. «Dove hai preso quel vestito, Nancy?» Ci avrebbe scommesso, alla mamma non piaceva.

L'abito di lana bianca. «È stato Carl a sceglierlo. Ti piace?»

«Non è un po' troppo... da ragazzina?»

La mamma era andata a fare una telefonata. Al dottor Miles? Nancy aveva sperato di sì. Voleva che la mamma fosse felice. Forse sarebbe tornata a casa con lei, forse sarebbe guarita finalmente da quell'insistente spossatezza... Aveva detto tutto questo a Carl?

Carl si era alzato da tavola. «Scusami, cara...» La mamma era tornata prima di lui.

«Nancy, tu e io dobbiamo fare due chiacchiere domani, da sole. Passo a prenderti domattina presto, faremo colazione assieme.»

Carl era tornato...

E la mamma, baciandola sulla guancia, aveva detto: «Buonanotte, cara. Ci vediamo domattina alle otto». Era salita sull'auto presa a noleggio, sventolando la mano in segno di saluto, e si era avviata lungo la strada...

Carl l'aveva riaccompagnata al pensionato. «Temo proprio di non piacere a tua madre, tesoro. Almeno per il momento.»

Poi la telefonata. «C'è stato un incidente. Si è bloccato lo sterzo...»

E Carl: «Mi prenderò cura io di te, bambina mia...»

Il funerale...

Il matrimonio. Una sposa doveva vestirsi di bianco. Aveva l'abito di lana bianca. Andava benissimo per l'ufficio del sindaco.

Ma non poteva indossarlo... c'era una macchia di grasso sulla spalla. «Carl, dove posso essermi macchiata di grasso questo vestito? L'ho messo soltanto la sera in cui siamo usciti a cena con la mamma.»

«Ci penso io a fartelo pulire.» La sua mano, familiare, che batteva sulla spalla...

«No... no, no!»

La voce che l'interrogava disse: «Che cosa c'è, Nancy?»

«Non lo so... Non ne sono certa, ma ho paura.»

«Paura di Carl?»

«No... lui è buono con me. Io sono stanca, sempre così stanca. Prendi la medicina, ne hai bisogno... I bambini... Peter e Lisa... Tutto bene per un po', Carl era così buono. Per piacere. Carl, chiudi la porta. Per piacere, Carl, non così, non toccarmi in questo modo... lasciami sola.»

«Sola in che senso, Nancy?»

«No... non voglio parlarne.»

«Carl era buono con i bambini?»

«Li faceva obbedire, voleva che fossero buoni. Peter

aveva paura di lui, anche Lisa... E così adesso la mia bambina ha una bambina...»

«È Carl che ti dice questo?»

«Sì. E non mi tocca più, io sono contenta. Ma non devo prendere la medicina dopo cena, mi fa diventare troppo stanca. C'è qualcosa che non va, devo andarmene... I bambini... andarmene...»

«Via da Carl?»

«Io non sono malata... È Carl il malato.»

«Malato di cosa, Nancy?»

«Non lo so.»

«Nancy, parlaci del giorno in cui scomparvero Peter e Lisa... Che cosa ricordi?»

«Carl è arrabbiato.»

«Perché è arrabbiato?»

«La medicina... Ieri sera mi ha visto che la buttavo via... Ne ha versata dell'altra e mi ha costretto a berla... Sono così stanca, ho tanto sonno... Lisa sta piangendo... Carl è con lei... Devo alzarmi, devo andare da Lisa... Carl l'ha picchiata, ha detto che aveva bagnato il letto... Devo portarla via, domattina. Il mio compleanno... dirò a Carl...»

«Che cosa gli dirai?»

«Lui lo sa... comincia a saperlo che sto per andarmene. E porto con me i bambini... Devo andarmene.»

«Non amavi Carl, Nancy?»

«Avrei dovuto. Mi disse: 'Buon compleanno'... Lisa era così tranquilla. Le avevo promesso che avremmo fatto una torta per il mio compleanno. Lei, Peter e io... Eravamo usciti per comprare le candeline e il cioccolato.

Era una brutta giornata, stava per piovere. Lisa avrebbe potuto prendersi un malanno...»

«Carl, quel giorno, era andato all'università?»

«Sì, aveva telefonato. Gli avevo detto che saremmo usciti per compere e che poi sarei passata dal medico per fargli visitare Lisa. Ero in pensiero per lei. Sarei andata al *Mart* alle undici, dopo il programma televisivo per i bambini...»

«E Carl? Era preoccupato anche lui per Lisa?»

«Aveva detto che era una brutta giornata... che Lisa poteva prendersi un raffreddore e che non voleva che uscissimo. Ma io avrei lasciato i bambini in macchina, sarei scesa sola a comprare quel che mi serviva. Volevano aiutarmi a fare la torta, erano talmente eccitati per il mio compleanno. Non si divertivano mai, quei bambini. Non dovevo più permettere che Carl fosse tanto severo con loro. Era colpa mia. Avrei parlato con il medico, dovevo chiedere al medico di Lisa, di me... Perché sono sempre così stanca? Perché devo prendere quella medicina?... Rob faceva ridere i bambini, quando c'era lui erano così diversi. I bambini dovrebbero ridere...»

«Eri innamorata di Rob, Nancy?»

«No... Ero in gabbia, dovevo uscirne. Volevo qualcuno con cui parlare... Dopo Rob ha ripetuto quelle mie parole, ma non era così... non era così.» Il tono di voce cominciava ad alzarsi.

Lendon, per calmarla, le chiese in tono suadente: «E tu andasti con i bambini all'emporio alle undici, vero?»

«Sì. Piove, io dico ai bambini di rimanere in macchina, loro rispondono di sì... Due bambini così buoni... Li ho lasciati sul sedile posteriore. Non li ho più rivisti. Mai più... mai più...»

«Nancy, c'erano altre macchine ferme nel parcheggio?»

«No. E nessuno che conoscevo nell'emporio... C'era un tale vento, faceva freddo. C'erano poche persone...»

«Quanto tempo rimanesti nell'emporio?»

«Poco. Dieci minuti... non trovavo le candeline. Dieci minuti, e poi di corsa alla macchina... e i bambini erano spariti.» La sua voce era incredula, anche ora.

«E tu che cosa facesti, Nancy?»

«Non so cosa fare, cosa pensare. Forse sono andati a comprarmi un regalo, Peter ha del denaro... È l'unico motivo per cui potrebbero essersi allontanati. Sono così buoni.. Un regalo, ecco, quello sì... Forse sono nell'altro emporio, quello che vende di tutto a poco prezzo. Corri a dare un'occhiata al reparto dolciumi, poi a quello degli oggetti regalo, a quello di articoli da ferramenta, e poi di nuovo alla macchina... Cerca, cerca i bambini...»

«Chiedesti a qualcuno se li aveva visti?»

«No. Carl non doveva saperlo, sarebbe andato su tutte le furie... Non voglio che punisca i bambini...»

«E così corresti a cercarli in tutti i negozi lì attorno...»

«Forse avevano tentato di venire da me e si erano persi... Guarda nel parcheggio, magari non riescono a ritrovare la nostra macchina... Comincio a chiamarli. Sto morendo di paura... Qualcuno mi dice di avvisare la polizia e mio marito. Ma io dico: 'Mio marito non deve sapere niente, per piacere'... Una donna l'ha riferito al processo... Io volevo soltanto evitare che Carl andasse in collera.»

«Perché non lo dicesti, in tribunale?»

«Non dovevo... L'avvocato mi aveva raccomandato: 'Non dica che Carl era irritato con lei, non dica che avevate discusso per telefono... Lisa non aveva bagnato il letto e le lenzuola erano asciutte...»

«Che cosa vuoi dire?»

«Le lenzuola erano asciutte... E allora perché Carl l'aveva picchiata? Perché? Non importa. Niente ha importanza, i bambini non ci sono più... Michael... e anche Missy non ci sono più. Cercateli, dovete cercarli...»

«Raccontaci di stamattina, quando sei andata tu a cercarli.»

«Sì, devo andare al lago, potrebbero essere là, potrebbero essere caduti nell'acqua. Presto, devo fare presto... c'è qualcosa nel lago, qualcosa a pelo dell'acqua...»

«Che cosa c'era a pelo dell'acqua, Nancy?»

«Rosso, qualcosa di rosso. Forse è il guantino di Missy, devo prenderlo. L'acqua è talmente fredda, non riesco a prenderlo... Non è un guantino. Fa freddo, freddo...»

«E poi?»

«I bambini non ci sono. Fuori, fuori dall'acqua. Così fredda... la spiaggia... sono caduta sulla spiaggia. E lui era lì, nel bosco... e mi guardava. L'ho visto lì, che mi guardava...»

Jed Coffin si alzò. Ray balzò in avanti, con uno scatto convulso. Lendon alzò una mano per fermarli entrambi. «Chi c'era là nel bosco, Nancy?» chiese. «Dillo, Nancy.»

«Un uomo. Lo conosco. Era... era Rob Legler. Rob Legler stava lì e mi guardava.» La voce si alzò e poi tornò ad abbassarsi. Nancy spalancò gli occhi e subito li richiuse, lentamente. Ray impallidì, mentre Dorothy tratteneva il respiro. E così i due eventi erano collegati.

«L'effetto del barbital sta per finire. Riprenderà coscienza tra poco.» Lendon si alzò e fece una smorfia: i muscoli delle gambe gli si erano rattrappiti.

«Dottore, potrei parlare a lei e a Jonathan in privato?» chiese Jed impassibile.

«Resta con lei, Ray», raccomandò Lendon. «Probabilmente tra un minuto sarà sveglia.»

In sala da pranzo, Coffin affrontò a viso aperto Lendon e Jonathan. «Dottore, quanto tempo ancora durerà questa storia?» Il suo viso era impenetrabile.

«Credo che non sia prudente interrogarla più a lungo.»

«Be', e che cosa siamo riusciti a sapere, oltre al fatto che aveva paura di suo marito, che ovviamente non lo amava e che forse stamattina Rob Legler era al lago?»

Lendon lo guardava fisso. «Santo Iddio, ma non l'ha sentita? Non capisce l'importanza di quello che ha detto?»

«Io so soltanto di non aver sentito nulla che mi scarichi dal preciso dovere di ritrovare i bambini Eldredge. L'ho sentita dichiararsi responsabile della morte di sua madre, questo sì, ma è un senso di colpa molto comune in un figlio quando uno dei genitori muore in un incidente stradale mentre lo va a trovare. E quanto al primo marito, le sue reazioni verso di lui mi sembrano alquanto isteriche: dopo aver deciso di far saltare il loro matrimonio, cerca anche di addossargli tutte le colpe.»

«Che cosa ne pensa, comandante, di Carl Harmon? Della sua personalità, intendo dire», gli chiese Lendon, calmissimo.

«Un individuo possessivo che aveva sposato una ragazza molto più giovane di lui e pretendeva di comandarla a bacchetta. Diavolo, metà degli uomini di Cape Cod è come lui. Posso citarle nomi di gente che non permette alla propria moglie di spendere un quattrino se non per mandare avanti la casa. Conosco persino un tale che vieta alla moglie di guidare la macchina. E un altro che non la lascia uscire sola la sera. Cose che capitano in tutte le parti del mondo. Così almeno le femministe hanno qualcosa di cui lamentarsi.»

«Signor Coffin, lei sa che cos'è la pedofilia?» chiese Lendon, sempre imperturbabile.

Jonathan fece un cenno d'assenso. «Proprio quello a cui pensavo anch'io», disse.

«In termini profani si tratta di una forma di perversione sessuale che implica attività sessuali di ogni genere con un bambino non ancora in età puberale.»

«E questo cosa c'entra?»

«Non c'entra... non del tutto. Nancy, in effetti, aveva diciotto anni quando si è sposata. Ma, d'aspetto, poteva apparire molto più giovane, quasi infantile. Signor Coffin, si potrebbe indagare sul passato di Carl Harmon?»

Il capo della polizia rimase allibito, non credendo alle proprie orecchie. Quando rispose, la voce gli tremava per lo sforzo di dominare la collera. Indicò con il dito la finestra contro la quale il nevischio batteva incessantemente, con un rumore forte e regolare. «Dottore», disse. «Vede? E sente? La fuori due bambini stanno congelando, oppure sono nelle mani di chissà quale delinquente che li ha già ammazzati. Il mio compito è di trovarli, e subito. Abbiamo una traccia precisa: sia Nancy sia l'inserviente della stazione di rifornimento hanno visto Rob Legler, quell'individuo ripugnante, aggirarsi da queste parti. È su indizi come questi che io mi posso muovere.» Parlava con voce tagliente, carica di disprezzo. «E lei mi viene a chiedere di indagare sul passato di un morto per provare una qualunque teoria assurda.»

Il telefono squillò. Bernie Mills, che era rimasto in piedi nella stanza senza aprire bocca, si precipitò a rispondere. Adesso si parlava addirittura di indagare sul passato del primo marito di Nancy: chissà cosa ne avrebbe detto Jean! Alzò svelto la cornetta. Era il comando di polizia. «Passami il capo», gli disse aggressivo il sergente Poler.

Lendon e Jonathan guardarono Coffin che ascoltava e poi faceva brevi domande rapide. «Quanto tempo fa? Dove?»

I due uomini si scambiarono un'occhiata, Lendon si accorse di pregare: supplicava fervidamente in cuor suo che non fossero cattive notizie dei bambini.

Jed sbatté la cornetta sull'apparecchio e si voltò. «Rob Legler è sceso all'*Adams Port Motel* stamattina verso le dieci e mezzo. Un'auto che probabilmente aveva rubato si è appena schiantata sulla Route 6A, ma lui è fuggito. Starà tentando senz'altro di raggiungere l'interno. Tutte le forze di polizia sono impegnate nella sua ricerca e io devo andare a dirigere le operazioni. Lascio qui l'agente Mills. Quando prenderemo quel Legler, probabilmente sapremo che cosa è successo ai bambini.»

Appena la porta d'ingresso si richiuse alle spalle del capo della polizia, Jonathan chiese a Lendon: «Che cosa ne pensa, dottore?»

Lendon attese un lungo istante prima di rispondergli. Ci sono troppo dentro, pensava. Vedo Priscilla al telefono, che mi chiama. Carl Harmon si alza da tavola dopo di lei. Dove va? Ha sentito forse quello che Priscilla mi diceva? Nancy ha raccontato che il suo abito era macchiato di grasso. Ma con questo non voleva dire in realtà che era stato Carl a macchiarglielo, posandole sulla spalla una mano sporca di grasso? Non cercava forse di dire che secondo lei Carl aveva fatto qualcosa alla macchina di Priscilla? Lendon vide delinearsi davanti agli occhi una storia nuova e violenta. Ma a che cosa serviva ormai, con Carl Harmon morto da anni?

Jonathan disse: «Se anche lei la pensa come me, tornare sulla scomparsa dei bambini Harmon non porterà a nulla. Lei ha in mente il loro padre, vero?»

«Sì», rispose Lendon.

«E siccome quell'uomo è morto, resta soltanto Rob Legler, lo studente che Carl Harmon mandò a casa propria e che, con la sua testimonianza, fece condannare Nancy. Fino a che punto si può dar credito alle parole di Nancy sotto l'effetto del barbital?»

Lendon scosse il capo. «Non posso garantire niente. È provato che certi pazienti oppongono resistenza all'azione dei sedativi. Ma di una cosa sono certo: ha visto veramente – o crede di aver veramente visto – Rob Legler al Lago Maushop.»

E Jonathan aggiunse: «E alle dieci e mezzo di stamattina lui si fermava in un motel, da solo».

Lendon annuì.

Senza aggiungere altro, i due uomini si voltarono e guardarono dalla finestra, verso il lago.

22

Il notiziario televisivo delle diciassette parlò ben poco della crisi in Medio Oriente, dell'inflazione vertiginosa, degli operai dell'industria automobilistica che minacciavano lo sciopero e della triste sorte dei New England Patriots. Quasi tutta la mezz'ora fu dedicata alla scomparsa dei bambini Eldredge e a vecchi brani di filmati del sensazionale processo Harmon.

Trasmisero le foto apparse sul *Cape Cod Community News*, dando un rilievo particolare a quella di Rob Legler che usciva dal tribunale di San Francisco assieme al professor Harmon, dopo la condanna di Nancy per omicidio premeditato dei suoi figli.

Oltre alla foto, il telecronista lanciò un pressante appello. «Rob Legler è stato visto stamattina nei dintorni di casa Eldredge. Se qualcuno crede di aver incontrato quest'uomo è pregato di telefonare immediatamente al seguente numero: KL 53800. I bambini Eldredge potrebbero essere in pericolo. Chiunque pensi di essere in possesso di qualche elemento che possa portare all'identificazione della persona o delle persone responsabili della scomparsa dei bambini, è vivamente pregato di chiamare questo numero: KL 53800. Ripeto KL 53800.»

I Wiggins, appena era mancata la corrente, avevano chiuso l'emporio ed erano tornati a casa, in tempo per seguire il notiziario sul loro televisore a pile.

«A me, quello lì, pare di conoscerlo», disse la signora Wiggins.

«Lo dici tanto per dire», commentò suo marito, sbuffando.

«No, non proprio. Ha qualcosa... quel modo di star curvo in avanti... Certo, non è bello per niente.»

Jack Wiggins fissò la moglie. «Come, e io che stavo giusto pensando che è il classico tipo che fa perdere la testa alle donne!»

«Quello? Ah, ma tu ti riferisci al ragazzo! Io sto parlando dell'altro, il professore.»

Jack guardò la moglie con condiscendenza. «Ecco perché non mi stancherò mai di ripetere che le donne non sono in grado di testimoniare e non dovrebbero mai far parte di una giuria. Cosa c'entra il professor Harmon? Nessuno parla di lui. Si è suicidato. È quel Legler che interessa.»

La signora Wiggins si morse un labbro. «Capisco. Be', penso proprio che tu abbia ragione. Solo che...»

Suo marito si alzò a fatica. «A che ora ceniamo?»

«Tra poco. Ma come si fa a pensare a mangiare con Michael e Missy... Dio sa dove saranno. Farei qualunque cosa per aiutarli. Non mi interessa quel che dicono di Nancy Eldredge. Veniva raramente da noi all'emporio, ma quelle poche volte era un piacere guardarla con i suoi figli. Aveva dei modi tanto garbati con loro. Non era mai nervosa o arrabbiata, come capita almeno alla metà delle giovani madri. Sai, davanti a un fatto del genere, i nostri piccoli problemi spariscono.»

«Ma che problemi abbiamo, noi?» chiese lui in tono chiaramente sospettoso...

«Be'...» La signora Wiggins si morse le labbra. Avevano avuto non pochi fastidi con i furti da parte della clientela quell'estate. E Jack andava su tutte le furie soltanto a parlarne. Per questo non se l'era sentita di dirgli che aveva visto con i suoi occhi il signor Parrish rubare un grosso barattolo di talco dal negozio, quella mattina.

23

In una casa modesta in fondo all'isolato della St. Francis Xavier Church, a Hyannis Port, seguivano alla televisione il notiziario delle diciassette. La famiglia di Patrick Keeney stava per mettersi a cena e nella minuscola sala da pranzo gli occhi di tutti i presenti erano incollati al piccolo schermo.

Ellen Keeney, vedendo apparire la foto di Michael e Missy Eldredge, scosse la testa. Istintivamente lanciò un'occhiata ai suoi figli: Neil e Jimmy, Deirdre e Kit. Uno, due, tre, quattro... Ogni volta che li portava alla spiaggia finiva sempre che passava il suo tempo a contare quelle teste. *Signore, fai che non succeda loro mai niente, ti prego*. Questa era la sua preghiera.

Ellen, tutte le mattine, faceva la comunione alla St. Francis Xavier Church, e di solito assisteva alla stessa messa di Rose Kennedy. Ricordava il giorno dopo l'assassinio del Presidente, e quello dopo l'assassinio di Bobby: la signora Kennedy era venuta in chiesa, con il viso segnato dal dolore ma calmo e dignitoso come sempre. Ellen non la guardava mai durante la messa. Povera signora, aveva diritto anche lei a un posto dove restare in pace. Spesso la signora Kennedy le sorrideva e le faceva un cenno con il capo e, se capitava che uscissero di chiesa nello stesso momento, le diceva anche: «Buongiorno». Come fa a resistere? si chiedeva Ellen. Come può resistere? E ora si faceva la stessa domanda. Come può sopportare tutto questo Nancy Eldredge?... soprattutto considerando che non è la prima volta.

Il telecronista stava parlando ora dell'articolo pubblicato sul *Community News* e diceva che la polizia cercava di scoprirne l'autore. Ma la mente di Ellen seguiva appena le sue parole: in quel momento stava dicendo a se stessa che Nancy Eldredge non poteva aver ucciso i suoi figli. Era assolutamente impossibile. Una madre non può uccidere la carne della propria carne e il sangue del proprio sangue. Vide Pat che la guardava e gli sorrise debolmente – un messaggio muto che voleva dire: *Dio ci protegge, caro. Dio ci protegge.*

«È diventato grasso da morire», disse Neil.

Meravigliata, Ellen fissò il maggiore dei suoi figli. Neil aveva sette anni, e le dava qualche pensiero. Era così spericolato, così imprevedibile. Aveva i capelli biondo scuro e gli occhi grigi, come Pat. Era basso per la sua età, e se ne faceva un problema, ma Ellen, di tanto in tanto, pensava a rassicurarlo. «Papà è alto, e anche lo zio John, e un giorno lo sarai anche tu», gli diceva. Comunque, Neil sembrava più piccolo di tutti i suoi compagni di classe.

«Chi è diventato grasso, caro?» gli chiese distrattamente, senza voltarsi a guardarlo e continuando a fissare il televisore.

«Quell'uomo, lì davanti. È lui che mi ha dato quel dollaro un mese fa perché gli ritirassi una lettera al fermo posta. Ti ricordi? Ti ho fatto anche vedere il suo biglietto perché non volevi credermi.»

Ellen e Pat guardarono attentamente sullo schermo la foto di Rob Legler che seguiva il professor Harmon fuori dall'aula del tribunale.

«Neil, ti sbagli. Quell'uomo è morto da un pezzo.»

Neil aveva l'aria offesa. «Eh, già, tu non mi credi mai. Anche allora continuavi a chiedermi dove avevo preso quel dollaro, e non volevi credere a quello che ti dicevo. Adesso è molto più grasso e senza capelli, ma quando è sceso dalla sua giardinetta teneva la testa incassata nel collo, proprio come quello lì.»

Il cronista tornava a raccomandare: «...qualsiasi informazione, anche quelle apparentemente senza importanza...»

Una ruga solcò la fronte di Pat.

«Sei arrabbiato, papà?» chiese preoccupata la piccola Deirdre, di cinque anni, e il viso di Pat si distese. Neil aveva aggiunto: «Arrabbiato come quell'uomo».

«Il fatto è che a volte mi spavento al pensiero di dover crescere una banda come voi», disse alla bambina, passandole le dita tra i riccioli corti, riconoscente di averla lì, sotto gli occhi. «Spegni il televisore, Neil», ordinò al figlio. «E adesso, bambini, prima della preghiera di ringraziamento, chiederemo a Dio di rimandare a casa sani e salvi i bambini Eldredge.»

Mentre recitavano la preghiera la mente di Ellen vagava lontano. L'appello raccomandava di fornire qualsiasi informazione, anche quelle che sembrassero irrilevanti. E a Neil avevano dato un dollaro di mancia per ritirare una lettera al fermo posta. Ricordava il giorno preciso: il mercoledì di quattro settimane prima. Lo ricordava perché quella sera era fissata una riunione dei genitori a scuola, e lei si era irritata con Neil per il suo ritardo a cena. All'improvviso ebbe un'idea.

«Neil, per caso hai ancora il biglietto che quell'uomo ti aveva dato da presentare all'ufficio postale?» gli chiese. Se non sbaglio, ti ho visto metterlo nel salvadanaio assieme al dollaro.»

«Sì, ce l'ho.»

«Ti dispiace andarlo a prendere? Voglio vedere la firma.»

Pat la scrutava attento. Uscito Neil, le disse da sopra le teste degli altri figli: «Non darai retta a...»

Lei si sentì improvvisamente ridicola. «Oh, caro, mangia, avanti! Devo essere giù di nervi. Lo so, è la gente come me che fa perdere un sacco di tempo alla polizia. Kit, passami il tuo piatto. Ti taglio il fondo del polpettone, come piace a te.»

24

STAVA andando tutto male. Niente funzionava come previsto. Prima quella stupida con il suo cliente in visita alla casa e poi la bambina: aspettare che si svegliasse, sempre che si fosse svegliata, per poi sentirla contorcersi tra le sue braccia e respingerlo. E il bambino che era scappato a nascondersi. Doveva trovarlo.

Courtney aveva la sensazione che tutto gli stesse sfuggendo di mano. Al piacere e all'attesa erano subentrati la delusione e il risentimento. Aveva smesso di sudare, ma gli abiti zuppi gli stavano incollati addosso e gli davano fastidio. Ormai anche i grandi occhi azzurri del bambino, tanto simili a quelli di Nancy, avevano perso ogni attrattiva per lui.

Quel bambino era una minaccia. Se fosse fuggito, sarebbe stata la rovina per lui. Meglio farla finita con entrambi: fare quello che andava fatto subito. Bastava un attimo a sbarazzarsi per sempre di quella minaccia, doveva solo togliere loro l'aria, coprendo bocca, naso e occhi, e poi, dopo poche ore, appena la marea fosse salita, avrebbe gettato i cadaveri nelle onde ribollenti. Nessuno avrebbe saputo nulla. E lui, di nuovo al sicuro, senza pericoli incombenti, si sarebbe goduto il tormento di lei.

La sera dell'indomani, senza correre il minimo rischio, sarebbe partito per l'interno. Intendeva andar via sul tardo pomeriggio, e sicuramente avrebbe trovato qualche bambina a spasso da sola a cui dire che era il nuovo maestro... funzionava sempre.

Ora che aveva deciso, si sentiva meglio. Non gli restava che eliminare il pericolo. Il bambino era ostinato come Nancy, piantagrane, ingrato. Voleva fuggire, ma l'avrebbe trovato. E dopo averlo legato, gli avrebbe coperto il viso con una pellicola trasparente. Di una marca che Nancy poteva aver comprato al *Lowery's Market*, naturalmente. E avrebbe chiuso ermeticamente quel foglio... prima al bambino, perché gli aveva dato anche troppi fastidi. E poi alla bambina... Sì, via anche lei. Non poteva azzardarsi a tenerla, nemmeno da sola.

Il pericolo gli aguzzava l'ingegno. Come l'altra volta. Aveva attraversato il campus senza sapere con precisione che cosa avrebbe fatto; sapeva solo di non poter lasciare che Nancy portasse la bambina dal medico. Era giunto all'emporio prima di lei e si era fermato in una stradina dove scaricavano le merci, tra l'emporio e il campus. L'aveva vista arrivare in macchina, dire qualcosa ai bambini e poi entrare nell'emporio. Non passavano altre automobili. Non c'era in giro nessuno. In un attimo aveva deciso.

I bambini erano stati obbedienti. Quando aveva aperto la portiera erano sembrati sorpresi e spaventati, ma era bastato dire: «Avanti, svelti. Facciamo uno scherzo alla mamma per il suo compleanno». E loro subito si erano infilati nel baule della sua auto. In un attimo, era finito tutto. Aveva messo i sacchetti di plastica intorno alle loro teste, glieli aveva stretti saldamente, mentre le sue mani forti tenevano fermi i due fratellini finché non cessarono di agitarsi. E poi giù il coperchio e via di corsa all'università. Meno di otto minuti in tutto: tra gli studenti occupati nelle prove di laboratorio nessuno si era accorto della sua assenza. Tutti testimoni pronti a dichiarare, in caso di necessità, che lui non si era mai mosso dall'aula. E quella sera, non aveva dovuto far altro che andare alla spiaggia e scaricare i cadaveri nell'oceano. Sfruttando l'occasione giusta era scampato al pericolo sette anni prima; e ora doveva sventarne un altro, usando lo stesso ingegno. «Michael, vieni fuori, Michael. Ti porto a casa da tua madre.»

Era ancora in cucina. Alzò il lume e si guardò attorno. Lì non c'erano posti dove nascondersi. Gli armadietti della credenza erano troppo alti. Ma trovare il bambino nella casa buia e cavernosa soltanto con quel lume sarebbe stata un'impresa ardua. Potevano volerci ore. E poi, da che parte doveva cominciare?

«Michael, vuoi tornare a casa da tua madre, sì o no?» gridò di nuovo. «Non è andata da Dio... sta molto meglio e vuole vederti.»

Doveva salire nelle camere da letto al secondo piano?

Ma era probabile che il bambino tentasse di uscire dalla porta della cucina. Era intelligente. Non poteva essere rimasto di sopra. Che fosse alla porta principale? Meglio accertarsene.

Solo quando fu nella piccola anticamera pensò al salottino. Se il bambino era andato in cucina e poi l'aveva sentito arrivare, quello era senz'altro un buon nascondiglio.

Si fermò sulla soglia del salotto. Era un respiro quello che sentiva o solo il vento che soffiava contro la casa? Fece qualche passo nella stanza, alzando il lume sopra la testa. I suoi occhi correvano rapidi intorno, mettendo a fuoco gli oggetti nella semioscurità. Voltandosi, tese il braccio destro e fece ondeggiare il lume.

Con gli occhi fissi su quello che aveva visto, emise un urlo acuto, isterico, simile a un nitrito. L'ombra di una piccola figura rannicchiata dietro il divano si proiettava sul pavimento di quercia come un gigantesco coniglio accucciato. «Ti ho trovato, Michael», urlò, continuando a ridacchiare. «E questa volta non mi sfuggirai.»

25

LA corrente venne a mancare mentre John Kragopoulos usciva dalla Route 6A e imboccava la salita dell'Osservatorio. Istintivamente accese gli abbaglianti. La visibilità era sempre scarsa, e guidava con cautela perché il terreno era scivoloso e la macchina tendeva a slittare in curva.

Si chiedeva come potesse giustificare la pretesa di cercare un accendino così minuscolo in quella casa buia ed enorme. Il signor Parrish, giustamente, poteva proporgli di tornare l'indomani mattina oppure offrirsi di cercare lui l'accendino e darlo a Dorothy, nel caso lo avesse trovato.

John decise di raggiungere la porta di servizio facendosi luce con la torcia elettrica che teneva in macchina. Avrebbe detto che era sicuro di aver sentito un leggero tonfo quando si era chinato per guardare nel cannocchiale. E che aveva pensato che gli fosse caduto qualcosa di tasca. Una scusa plausibile. Del resto, era proprio all'appartamento all'ultimo piano che voleva dare un'occhiata.

Risalire la collina dell'Osservatorio con quel tempo era un vero rischio. All'ultima curva la macchina sbandò paurosamente. John tenne fermo il volante mentre i pneumatici si inchiodavano al terreno. Per pochi centimetri non era finito giù per la scarpata, e sarebbe bastato un metro e mezzo in più per schiantarsi contro una grossa quercia. Qualche minuto dopo svoltava nel vialetto dietro l'Osservatorio, e decise di non infiltrarsi nel garage come aveva fatto Dorothy. La sua doveva sembrare una visita del tutto casuale. Anzi, avrebbe fatto bene a mostrarsi leggermente irritato, come se anche per lui fosse un fastidio. Avrebbe detto che si era accorto di non avere più l'accendino mentre cenava e, trovandosi ancora in città, aveva preferito tornare di persona anziché telefonare.

Quando scese dall'auto rimase colpito dalla lugubre oscurità di quella casa. Persino l'ultimo piano era al buio. Eppure quell'uomo doveva avere senz'altro dei lumi a cherosene; la mancanza di elettricità nel corso di una tempesta sicuramente non era un fatto insolito lì a Cape Cod. Forse Parrish dormiva, e non si era nemmeno accorto che mancava la corrente. E se... ci fosse stata una donna in casa sua, una donna che non voleva essere vista? Era la prima volta che a John Kragopoulos veniva in mente una simile eventualità.

Dandosi dell'imbecille, pensò che avrebbe fatto bene a risalire in macchina e ad andarsene. Il nevischio gli pungeva il viso, e spinto dal vento si infilava dentro il colletto e le maniche del cappotto. Ormai il tepore procuratogli dalla cena era svanito. Si sentiva stanco e intirizzito, e aveva davanti a sé un viaggio lungo e faticoso. Perché non aveva pensato prima che Parrish potesse avere un'ospite che voleva rimanere nascosta? Lui e Dorothy probabilmente avevano solo interrotto un incontro clandestino, niente altro. Decise di andarsene per non creare fastidi un'altra volta.

Mentre si sedeva al volante vide un bagliore alla finestra della cucina, a sinistra della porta. La luce si spostava rapidamente e qualche secondo dopo ne vide il riflesso dalle finestre sulla destra. Qualcuno si muoveva in quella stanza con un lume.

John chiuse adagio la portiera, badando di fare soltanto un leggero scarto. Con la torcia stretta tra le dita attraversò furtivo il vialetto e, arrivato alla finestra, guardò all'interno. Adesso la luce pareva provenire dall'anticamera. Pensò alla disposizione dei locali. Sull'anticamera davano la scala di servizio e il piccolo salotto, di fronte alla cucina. Riparandosi contro il rivestimento di legno scolorito dalle intemperie corse svelto lungo il retro della casa, oltre la porta della cucina, e arrivò a quelle che dovevano essere le finestre del salottino. La luce, quasi sfuocata, in un attimo divenne più intensa. Appena vide chiaramente il lume, si ritrasse: un braccio lo sorreggeva. Il braccio di Courtney Parrish. Lo vedeva bene. Cercava qualcosa. Ma che cosa? Chiamava qualcuno. John tese le orecchie. Il vento smorzava i suoni, ma riuscì a sentire quel nome: «Michael». Parrish chiamava Michael.

Un brivido di paura gli corse giù per la schiena. Non si era sbagliato. Quell'uomo era un maniaco, e i bambini si trovavano in casa sua, da qualche parte. Il lume inquadrava come un riflettore la robusta mole di Parrish. John si sentì inadatto ad affrontarlo, troppo inferiore fisicamente. E, come arma, non possedeva che la torcia elettrica. Forse era meglio correre a chiedere aiuto. Possibile che Michael fosse riuscito a sfuggire a Parrish? Ma se Parrish l'avesse trovato, anche solo pochi minuti potevano essere determinanti.

Poi, inorridito, vide l'uomo spostare il lume verso destra e tirare fuori da dietro il divano una piccola figura che tentava disperatamente di fuggire. Parrish appoggiò il lume e, sotto gli occhi di John, serrò le mani attorno alla gola del bambino.

Agendo d'istinto, com'era solito fare in battaglia durante la guerra, John gettò il braccio all'indietro per prendere slancio e fracassò la torcia elettrica contro il vetro, che andò subito in frantumi. Courtney Parrish si voltò di scatto, ma John aveva già infilato una mano dentro e girato la maniglia. Con uno sforzo sovrumano spalancò la finestra e saltò il davanzale. Nell'istante in cui posava i piedi sul pavimento del salottino la torcia gli cadde di mano e l'altro, pronto, la afferrò. Reggendo il lume nella sinistra, Parrish alzò la torcia con la destra, tenendola sopra il capo come un'arma.

Non c'era via di scampo all'inevitabile colpo. Ma John si piegò su se stesso e cominciò a spostarsi avanti e indietro lungo la parete. E urlando: «Scappa, Michael...» tentò, con un calcio, di far cadere di mano il lume a Parrish, un attimo prima che la torcia si schiantasse sul suo cranio.

26

ABBANDONARE l'auto era stato uno sbaglio. Un gesto di puro, stupido panico. Rob pensava che ognuno fosse responsabile della propria sorte. E quel giorno lui aveva commesso tutti gli errori possibili.

La vista di Nancy nel lago doveva bastare a farlo fuggire a gambe levate da Cape Cod. Invece aveva pensato che fosse ubriaca e drogata, e aveva deciso di farsi una bella dormita per poi presentarsi da lei e dal marito l'indomani, a chiedere i soldi. Aveva voluto fermarsi nelle vicinanze, e intanto i figli di Nancy erano scomparsi.

Rob non era mai stato convinto della colpevolezza di quella donna per la morte degli altri due figli, ma a quel punto non sapeva più che cosa pensare. Magari aveva agito sotto l'impulso di una delle sue crisi di nervi, come diceva Harmon.

Appena balzato fuori dall'auto, Rob si era diretto a sud, verso l'autostrada a pagamento che passava nel centro di Cape Cod. Ma poi un'autopattuglia gli era sfrecciata accanto, lanciata nella stessa direzione, e allora aveva preferito tornare sui suoi passi. Anche se fosse riuscito a farsi dare un passaggio da qualcuno, quasi certamente sul ponte avevano messo un posto di blocco. Meglio tornare alla baia. Lì c'erano parecchi cottage disabitati durante l'inverno. Poteva nascondersi in uno di essi per un po'. Probabilmente c'erano dei viveri di scorta, proprio quello che ci voleva perché cominciava ad avere una gran fame. Dopo un paio di giorni, quando le acque si fossero calmate, avrebbe trovato un furgone su cui nascondersi per abbandonare quella maledetta isola.

Rabbrividendo, corse giù per le stradine buie. Di buono c'era solo una cosa: con quel tempo schifoso non correva il rischio di incontrare dei passanti. E anche le auto erano poche.

Girò dietro una curva. Fece appena in tempo a infilarsi tra i cespugli prima che i fari di un'auto in arrivo lo illuminassero in pieno. Con il respiro affannoso, aspettò che la macchina passasse tra uno stridore di pneumatici.

Cristo. Ancora la polizia. Quel posto era invaso dai poliziotti. Avrebbe fatto bene ad allontanarsi dalla strada. Ormai alla spiaggia non dovevano mancare più di due isolati. Correndo lungo i cespugli, Rob si diresse verso la macchia boscosa che cintava i giardini delle case vicine. Lì c'erano meno rischi di essere scoperto, anche se tagliando per i giardini avrebbe impiegato più tempo.

E se Nancy l'aveva visto, giù al lago? Aveva guardato nella sua direzione... ma forse non l'aveva visto. Lui, comunque, avrebbe negato di essere stato al lago, naturalmente. E la parola di Nancy, nello stato in cui si trovava in quel momento, non era certo attendibile. Non c'era nessun altro, di questo era sicuro. Tranne quell'uomo sulla giardinetta, probabilmente uno del posto. La targa del Massachusetts 8X642. Come mai la ricordava? La progressione era inversa, certo: 8642 invece di 2468. Ecco il particolare che l'aveva colpito. Se l'avessero preso, avrebbe raccontato di quella giardinetta. L'aveva vista uscire dalla stradina dietro la casa degli Eldredge più o meno al momento della scomparsa dei bambini, a conti fatti.

E se era invece un fornitore abituale, e la polizia fosse stata al corrente della sua visita a casa Eldredge? Rob non aveva visto l'uomo che sedeva al volante, anzi non gli aveva fatto minimamente caso; aveva notato soltanto che era grasso e grosso. Ma se avesse parlato di quella giardinetta avrebbe finito per farsi accusare di essere stato nei dintorni ad aspettare l'occasione propizia per i suoi scopi.

No, se l'avessero preso non avrebbe detto un bel niente. Avrebbe ammesso che voleva fare una visita a Nancy, ma poi, dopo aver visto sul giornale la sua foto e quell'articolo sul caso Harmon, aveva deciso di andarsene. Stabilita questa linea di condotta si sentì meglio. Se solo fosse riuscito ad arrivare alla spiaggia e a nascondersi in un cottage...

Accelerò il passo, badando a rimanere nell'ombra degli alberi spogli. Inciampò; imprecando tra i denti, si rimise in equilibrio. Il nevischio rendeva tutta la zona maledettamente scivolosa, come una pista di pattinaggio. Ma ormai non poteva mancare molto.

Doveva trovare una casa dove nascondersi, altrimenti qualcuno avrebbe finito per vederlo. Appoggiandosi agli alberi incrostati di ghiaccio, cercò di camminare ancora più in fretta.

27

THURSTON Givens sedeva tranquillo nella veranda sul retro della casa e, al buio, guardava la tempesta da dietro i vetri. Aveva ottant'anni, e da sempre subiva il fascino delle burrasche che arrivavano da nordest, soprattutto adesso che sapeva di non avere più molto tempo davanti a sé per godersele. La radio era accesa, a volume bassissimo. Avevano appena trasmesso l'ultimo bollettino sulla scomparsa dei bambini Eldredge.

Thurston sedeva con gli occhi fissi davanti a sé, e si chiedeva perché mai i giovani dovessero conoscere tanta infelicità. Il suo unico figlio era morto d'influenza a cinque anni durante l'epidemia del 1917.

Thurston, che era stato agente immobiliare, conosceva bene Ray Eldredge. Era amico anche di suo padre e di suo nonno. Ray era una brava persona, proprio il genere di uomini di cui Cape Cod aveva bisogno. Sapeva quel che voleva ed era un buon agente immobiliare, non uno di quelli che pensano solo a fare quattrini e se ne infischiano del cliente. C'era da augurarsi che non fosse successo nulla ai suoi figli, non se lo meritava. Nancy poi non gli sembrava proprio il tipo da ammazzare nessuno. Ci doveva essere un'altra spiegazione, più convincente.

Mentre si lasciava andare a fare sogni a occhi aperti, vide qualcosa muoversi nel bosco. Si chinò in avanti e scrutò nel buio strizzando gli occhi. C'era qualcuno là fuori che veniva avanti, tentando evidentemente di rimanere nascosto. Chiunque avesse delle buone intenzioni non sarebbe mai andato nel bosco con un tempo simile, e ultimamente c'erano state diverse rapine a Cape Cod, soprattutto da quelle parti.

Thurston andò al telefono. Formò il numero della Centrale di polizia. Con il comandante Coffin erano amici da tanti anni, ma non sperava certo di trovarlo: era sicuramente impegnato nelle ricerche dei bambini Eldredge.

Gli rispose una voce d'uomo. «Centrale di polizia di Adams Port. Parla il sergente Poler...»

Thurston non lo lasciò finire. «Sono Thurston Givens», tagliò corto. «Volevo avvisarvi che c'è un malintenzionato dietro casa mia, e che si dirige verso la spiaggia.»

28

NANCY si alzò a sedere sul divano, gli occhi fissi davanti a sé. Ray aveva acceso il fuoco nel camino, e le fiamme cominciavano a lambire i pezzi di legna. Soltanto ieri, lei e Michael erano usciti a rastrellare il prato davanti a casa.

«È l'ultima volta che facciamo questo lavoro, Mike», aveva detto lei. «Almeno per quest'anno, credo proprio che le foglie siano cadute tutte.»

Lui aveva annuito con la solita calma. Poi, senza che lei gliel'avesse chiesto, aveva tolto dal mucchio di foglie i pezzi di ramo e i ramoscelli più grossi. «Questi vanno bene per il fuoco», aveva detto, lasciando cadere il rastrello che era rimasto sul prato con i denti rivolti all'insù. Ma appena era spuntata Missy correndo sul viale, si era affrettato a voltare il rastrello. «Papà dice sempre che è pericoloso lasciarlo così», aveva spiegato, abbozzando un sorrisetto di scusa.

Pensava sempre a proteggere Missy. Era tanto buono. Come Ray. Nancy si accorse, incredibilmente, che sapere che Mike era con Missy la confortava. Se appena gli fosse stato possibile avrebbe avuto cura di lei; se erano all'aperto, si sarebbe senz'altro assicurato che la lampo della sua giacca a vento fosse ben chiusa, e avrebbe cercato di ripararla dal freddo...

«Dio mio!»

Seppe di avere parlato solo perché vide Ray alzare gli occhi e fissarla ansioso. Era seduto sulla sua poltrona, e aveva un viso così tirato. Sembrava capire che lei preferiva non averlo accanto a sé in quel momento, che aveva bisogno di abituarsi alla realtà e vederla nella giusta prospettiva. Non doveva pensare che i bambini fossero morti; non potevano essere morti. Ma bisognava trovarli prima che accadesse qualcosa.

Anche Dorothy la stava guardando. Sembrava improvvisamente invecchiata e come smarrita. Lei si era presa l'affetto e la devozione di Dorothy senza ricambiarli, tenendola a distanza e mettendo bene in chiaro che non doveva intromettersi nel circolo chiuso della sua famiglia. Non voleva lasciarle fare la parte della nonna per i bambini. Non voleva che nessuno prendesse il posto di sua madre.

Sono stata egoista, pensò Nancy. Non ho capito il bisogno di Dorothy. Strano che ora le fosse tanto chiaro. Strano che ci pensasse proprio in quel momento, mentre se ne stavano tutti lì seduti, assolutamente inermi e impotenti. Come mai c'era qualcosa che la tranquillizzava? Come mai provava quel barlume di speranza? Da dove le veniva quella sensazione di conforto?

«Rob Legler», disse. «Vi ho detto che stamattina ho visto Rob Legler al lago, vero?»

«Sì», rispose Ray.

«Non me lo sarò sognato, no? Il dottore mi crede quando dico che l'ho visto veramente?»

Ray rifletté, poi decise di essere sincero. C'era in Nancy una tale forza, una tale franchezza che non ammettevano sotterfugi.

«Penso proprio che il dottore creda che tu abbia raccontato i fatti come sono effettivamente avvenuti. E poi, Nancy, è meglio che tu lo sappia: Rob Legler è stato visto qui attorno da altre persone.»

«Rob Legler non farebbe mai del male ai bambini.» Il tono di Nancy era deciso, convinto. Ecco da dove le veniva quella sensazione di conforto. «Se è stato lui a portarli via, se sono con lui, non corrono nessun pericolo. Io lo so.»

Lendon rientrò in salotto. Dietro di lui venne Jonathan, e si accorse che, istintivamente, aveva subito guardato Dorothy. Teneva le mani affondate nelle tasche, probabilmente strette a pugno. Gli aveva sempre dato l'impressione di essere una persona forte e autosufficiente: una caratteristica che lui apprezzava, anche se non la trovava necessariamente gradevole in una donna.

A essere sincero con se stesso, Jonathan doveva ammettere che il suo rapporto con Emily era basato sulla convinzione che lei avesse un costante bisogno di lui. Non riusciva mai a trovare le chiavi della macchina, né a sturare una bottiglia né a far quadrare le somme del conto corrente. E lui, premuroso, abile, comprensivo, si era assunto il compito di risolvere per lei ogni problema pratico e teorico. Solo negli ultimi due anni aveva scoperto che tempra d'acciaio nascondesse la femminilità di

Emily: di fronte alla forza con cui aveva accolto il verdetto del medico, limitandosi a un sorriso di comprensione per lui, e al fatto che mai, nemmeno una volta, aveva ammesso di soffrire. Ora, vedendo Dorothy chiusa nella sua angoscia così palpabile, provava un desiderio fortissimo di confortarla in qualche modo.

La domanda di Ray lo distrasse dai suoi pensieri. «Chi era al telefono?»

«Il capo è andato via», rispose Jonathan evasivo.

«Parla pure chiaramente. Nancy sa che Rob Legler è stato visto nei dintorni.»

«È proprio per questo che Coffin se n'è dovuto andare. Legler era inseguito dalla polizia e ha abbandonato l'auto su cui si trovava, a tre chilometri da qui, sulla Route 6A. Ma non preoccupatevi, non può andare tanto lontano con questo tempo.»

«Come stai, Nancy?» chiese Lendon, osservandola attentamente. Era più calma di quanto si fosse aspettato.

«Benissimo. Ho parlato molto di Carl, vero?»

«Sì.»

«C'era qualcosa che cercavo di ricordare, qualcosa di importante che volevo dirle.»

Lendon mantenne la voce calma. «Hai detto parecchie volte: 'Io non credevo, io non credevo'. Sai a che cosa ti riferivi?»

Nancy scosse la resta. «No.» Si alzò e andò alla finestra, inquieta. «Com'è buio. Adesso è quasi impossibile trovare qualcuno o qualcosa.»

Sentiva il bisogno di muoversi. Voleva tentare di schiarirsi la mente, per poter riflettere. Si accorse che indossava la vestaglia di lana. «Vado a cambiarmi», disse. «Voglio vestirmi.»

«Ti serve?...» Dorothy si morse le labbra. Era stata sul punto di chiedere a Nancy se voleva che l'accompagnasse di sopra.

«Ce la farò da sola», le rispose con dolcezza Nancy. Stavano per prendere Rob Legler; ne era sicura. E voleva farsi trovare vestita. Voleva andare da lui, dovunque fosse, e dirgli: «Rob, io so che non avresti fatto comunque del male ai bambini. Che cosa volevi? Del denaro? Dimmi dove sono i bambini e avrai tutto quello che vuoi».

Di sopra, in camera da letto, tolse la vestaglia e, meccanicamente, l'appese nell'armadio. Ebbe un capogiro, appoggiò la fronte contro la parete fredda. La porta della stanza si aprì e Ray urlò spaventato: «Nancy!» Corse da lei, la voltò e la prese tra le braccia. Sentì il calore ruvido della sua giacca contro la pelle e la stretta sempre più forte del suo abbraccio.

«Sto bene», lo rassicurò. «Davvero...»

«Nancy!» Le alzò il viso. La bocca di Ray si posò sulla sua e lei, schiudendo le labbra, inarcò il corpo contro quello di lui.

Era stato sempre così, fin dall'inizio. Da quella prima sera in cui era venuto a cena da lei e poi avevano fatto una passeggiata a piedi fino al lago. Faceva freddo e lei tremava. Lui aveva il cappotto sbottonato. L'aveva attirata a sé, avvolgendola nel cappotto assieme a lui. E, al primo bacio, era stato inevitabile: l'aveva desiderato moltissimo, subito, fin dall'inizio. Non come era successo con Carl... Povero Carl, lo sopportava a stento. Si sentiva in colpa perché non lo desiderava, e dopo la nascita di Lisa lui non aveva mai più... non era più stato un marito. Che avesse avvertito la repulsione che provava per lui? Se l'era sempre chiesto.

«Ti amo.» Non si accorse neppure di dirglielo. Gli ripeteva quelle parole tanto spesso, mormorandogliele persino nel sonno.

«Anch'io ti amo. Oh, Nancy, deve essere stato orribile per te. Credevo di capire, e invece...»

«Ray, riavremo i nostri bambini?» Le mancò la voce, e si accorse di tremare come una foglia.

Le braccia di Ray la strinsero più forte. «Non lo so, cara. Non lo so. Ma ricordati questo: qualunque cosa accada, io ho te e tu hai me. E niente potrà separarci. Sono venuti a cercare Coffin. Rob Legler è al posto di polizia. Il dottor Miles è andato con loro, e Jonathan e io usciamo adesso.»

«Vengo anch'io. Magari a me dirà...»

«No. Jonathan ha un'idea che mi sembra buona. Dobbiamo sapere tutta la verità. Forse Rob ha un complice che in questo momento tiene prigionieri i bambini. Vedendoti potrebbe rifiutarsi di parlare, per la paura di trovarsi implicato come l'altra volta.»

«Ray...» Nancy sentì la disperazione nella sua voce.

«Tesoro, resisti. Ancora un po' soltanto. Fatti una bella doccia calda e vestiti. Dorothy rimarrà con te. Ti sta preparando un panino. Io tornerò appena possibile.» Affondò un istante le labbra nei capelli di lei e sparì.

Nancy, meccanicamente, si trascinò nella stanza da bagno comunicante con la camera da letto. Aprì il rubinetto della doccia e si guardò nello specchio sopra il lavandino. Aveva il viso pallido e tirato, gli occhi stanchi e vitrei. Come quando viveva con Carl. Era identica alle foto di quell'articolo.

Si allontanò subito dallo specchio e, annodandosi i capelli, si infilò sotto la doccia. Il getto caldo colpì il suo corpo con forza e sciolse i suoi muscoli contratti. La doccia le faceva bene. Con piacere alzò il viso agli spruzzi dell'acqua. Una doccia faceva sentire puliti.

Non aveva mai più fatto un bagno nella vasca, dopo gli anni passati con Carl. E non voleva nemmeno ripensare a quei bagni. Con la faccia sotto la doccia, i ricordi le tornarono alla mente lucidi e violenti. La vasca... Carl che insisteva per farle il bagno, quel suo modo di toccarla, di passare in esame il suo corpo. Una volta l'aveva spinto via, lui aveva perso l'equilibrio ed era finito con il viso sott'acqua. Era rimasto talmente sconvolto che sul momento non riusciva a rimettersi in piedi. E poi aveva cominciato a sputare, a tremare e a tossire. Era andato su tutte le furie; ma più che altro, si era spaventato a morte. L'acqua sul viso lo terrorizzava.

Ecco. Ecco quello che cercava di ricordare: il suo segreto terrore dell'acqua...

Oddio. Nancy, barcollando, si appoggiò alla parete della doccia. Sentì la nausea attanagliarle lo stomaco e la gola, uscì incespicando dalla doccia e cominciò a vomitare.

I minuti passarono. Si aggrappò al cassettone, incapace di controllare i violenti conati. E anche quando il vomito finalmente cessò, brividi gelidi continuarono a scuoterle le membra.

29

«RAY, non contarci troppo», gli raccomandò Jonathan.

Ray non gli fece caso. Dal parabrezza bagnato vedeva il posto di polizia: il chiarore delle lampade a cherosene lo faceva sembrare un edificio del secolo prima. Fermò svelto la macchina, spalancò la portiera, attraversò il selciato ed entrò nella Centrale. Jonathan gli corse dietro, ansimando per lo sforzo.

Il sergente di servizio all'ingresso lo guardò sorpreso. «Non mi aspettavo di vederla stasera, signor Eldredge. Non so dirle quanto mi dispiaccia per i bambini...»

Ray, impaziente, lo ringraziò con un cenno del capo. «In quale stanza stanno interrogando Rob Legler?»

Il sergente si irrigidì. «Lei non può assolutamente presenziare all'interrogatorio, signor Eldredge.»

«Per la miseria se posso!» ribatté Ray senza scomporsi. «Vada a dire al comandante Coffin che ho bisogno di parlargli, subito.»

Al sergente morirono sulle labbra le parole di protesta. «Di' al capo che Ray Eldredge vuole vederlo», ordinò brusco a un poliziotto che arrivava dal corridoio.

Ray, con l'ombra di un sorriso, disse a Jonathan: «Adesso mi pare un'idea tirata per i capelli, una cosa da matti».

«Non lo è affatto», gli rispose Jonathan tranquillo.

Ray si guardò attorno e solo allora vide le due persone sedute sulla panca accanto alla porta. Dovevano avere più o meno l'età sua e di Nancy; formavano una bella coppia. Si chiese distrattamente che cosa ci facessero in quel posto. Il giovane sembrava imbarazzato, la donna decisa. Che motivo poteva averli spinti a uscire in una serata simile? Forse avevano litigato e lei voleva sporgere denuncia? Era proprio una strana idea. Fuori da quella stanza, lontano dalla follia degli eventi di quel giorno, la gente stava nelle proprie case, con i propri famigliari, e preparava la cena al lume di candela, diceva ai figli che non si doveva aver paura del buio, faceva l'amore e litigava...

Si accorse che la donna lo stava fissando. Fece persino l'atto d'alzarsi, ma il marito la trattenne. Svelto, Ray le voltò le spalle. L'ultima cosa che desiderava in quel momento erano delle parole di conforto.

Dei passi svelti risuonarono nel corridoio. Coffin arrivò come una furia. «Che cosa c'è, Ray? Novità?»

Fu Jonathan a rispondergli. «Avete preso Rob Legler?»

«Sì. Lo stiamo interrogando. Il dottor Miles è con noi. Legler chiede un avvocato. Si rifiuta di rispondere a qualsiasi domanda.»

«Lo immaginavo. Siamo qui proprio per questo.» A voce bassa, Jonathan gli espose il suo piano.

Il comandante Coffin scosse la testa. «Non servirà a nulla. È un osso molto duro. Non c'è modo di fargli ammettere che stamattina è stato a casa Eldredge.»

«Be', almeno tentiamo. Non capisce quanto sia importante stringere i tempi? Se un suo complice ha i bambini potrebbe farsi prendere dal panico. E Dio solo sa con quali conseguenze.»

«Bene... venite pure. Parlategli. Ma non fatevi illusioni.» Con un cenno il capo della polizia indicò la porta di una stanza a metà corridoio. Jonathan e Ray stavano per seguirlo, quando la donna si alzò dalla panca.

«Signor Coffin», lo chiamò esitante. «Potrei parlarle un minuto soltanto?»

Il capo della polizia la guardò, con aria dubbiosa. «È importante?»

«Be', forse no, ma io non avrò pace finché... Si tratta del mio bambino...»

Coffin perse ogni interesse, e non si curò di nasconderlo. «Torni a sedersi, signora. Sarò da lei appena possibile.»

Ellen Keeney ricadde sulla panca e guardò i tre uomini allontanarsi. Il sergente capì che era delusa. «È proprio sicura che io non possa far niente per lei, signora?»

Ma Ellen non si fidava del sergente. Appena entrati nella Centrale lei e Pat gli avevano detto che pensavano che il loro bambino sapesse qualcosa del caso Eldredge. Il sergente era parso irritato. «Signora, sa quante chiamate abbiamo ricevuto oggi? Da quando le agenzie stampa hanno diffuso la notizia, non abbiamo fatto che rispondere al telefono. Un pazzoide di Tucson ci ha chiamato per dirci che gli pareva di aver visto i bambini giocare stamattina davanti a casa sua: figuriamoci, non ci sarebbero potuti arrivare nemmeno con un aereo supersonico. Quindi si metta a sedere. Il capo le parlerà appena potrà.»

Pat disse: «Ellen, secondo me faremmo meglio a tornarcene a casa. Qui diamo soltanto fastidio».

Ellen scosse la resta. Aprì il portafoglio e tolse il biglietto che quello sconosciuto aveva dato a Neil per mandarlo a ritirare la sua lettera. Aveva preso nota anche di tutto quello che Neil le aveva riferito. Sapeva l'ora e il giorno precisi. Aveva la descrizione dettagliata di quell'uomo, le parole esatte del bambino sulla sua somiglianza con la foto del primo marito di Nancy Eldredge trasmessa per televisione e sul modello di auto che guidava – «una giardinetta molto vecchia, come quella di Gramp», vale a dire una Ford. E, per finire, Neil aveva precisato che sul parabrezza era incollata una licenza di pesca per Adams Port.

Ellen era decisa a rimanere seduta su quella panca finché non le avessero lasciato raccontare ciò che sapeva. «Abbi pazienza, caro», bisbigliò. «So bene che probabilmente non servirà a nulla, ma qualcosa mi dice di restare qui ad aspettare. Il signor Coffin ha detto che mi parlerà presto.»

La porta d'ingresso della Centrale di polizia si aprì. Entrò una coppia di mezz'età. L'uomo era visibilmente annoiato e la donna nervosa. Il sergente li accolse con un saluto. «Salve, signor Wiggins... signora Wiggins. Qualcosa che non va?»

«Lei non ci crederà», sbottò Wiggins, «ma mia moglie, con un tempo del genere, è voluta venire a informarvi che qualcuno stamattina ci ha rubato un barattolo di borotalco in negozio.»

«Borotalco?» urlò quasi il sergente per la meraviglia.

La signora Wiggins parve ancora più agitata. «Non importa se può sembrare stupido. Voglio parlare con il comandante Coffin.»

«Viene subito. Anche quelle persone lo stanno aspettando. Vogliono accomodarsi, prego?» E indicò loro l'altra panca, disposta ad angolo con quella su cui sedevano in paziente attesa i Keeney.

Mentre si sedevano, il signor Wiggins brontolò furioso: «Continuo a non capire che cosa siamo venuti a fare qui».

Ellen, cordiale di natura, si sentì in dovere di parlare con i nuovi arrivati. Forse sarebbe servito a tranquillizzare quella donna. «Anche noi, per dire la verità, non sappiamo bene che cosa ci facciamo qui», disse. «Certo che questa dei bambini è una cosa orribile...»

A quindici metri di distanza, nell'ufficio che dava sul corridoio, Rob Legler stava fissando Ray Eldredge, con occhi ostili dietro le palpebre semichiuse.

Un tipo di classe, decise. Questa volta Nancy aveva scelto meglio, non c'era dubbio. Carl Harmon dava il voltastomaco. Ma la paura gli attanagliò la gola. Non avevano ancora trovato i bambini Eldredge. Se fosse accaduto loro qualcosa poteva darsi che lo indiziassero di qualche reato. Nessuno, però, l'aveva visto nei pressi di casa Eldredge... nessuno tranne il grassone sulla sua giardinetta antidiluviana. E se fosse stato un fornitore, e avesse detto ai poliziotti che si erano incrociati? E se l'avesse riconosciuto dalle fotografie? Che scusa poteva trovare per giustificare la sua presenza a casa Eldredge? Certo non avrebbero bevuto la storia che vagava per il bosco solo per fare un salutino a Nancy.

Rob cercò di rappezzare in fretta una scusa plausibile. Ma non riusciva a trovarne neppure una che suonasse convincente. Non gli restava quindi che tenere il becco chiuso finché non avesse potuto procurarsi un avvocato – e magari anche dopo. Ora gli stava parlando quell'altro, il più anziano dei due.

«Sei in un guaio serio», gli disse Jonathan. «Ti hanno preso e sei un disertore. Devo forse ricordarti quali sono le sanzioni previste dalla legge per i disertori? La tua posizione è molto più delicata di quella di chi espatria per evitare la coscrizione obbligatoria. Infatti, tu eri già sotto le armi. Indipendentemente dai bambini Eldredge, che tu abbia a che fare o meno con la loro scomparsa, ti aspettano dai dieci ai vent'anni di galera.»

«Si vedrà», mormorò Robert. Ma sapeva che Jonathan aveva ragione. *Cristo!*

«Certo, però, che un'accusa di diserzione non è grave come una d'omicidio...»

«Io non ho ammazzato nessuno!» ringhiò Rob, balzando in piedi.

«Seduto!» gli ordinò il capo della polizia.

Ray si alzò a sua volta e si piegò sul tavolo piantando direttamente gli occhi in faccia a Rob. «Ti faccio io un quadro della situazione», disse con calma. «Sei un gran bastardo. E io sarei disposto ad ammazzarti volentieri per due centesimi. Con la tua testimonianza per poco non hai spedito mia moglie nella camera a gas, sette anni fa, e adesso forse sai qualcosa che potrebbe salvare i miei figli, sempre che non sia già troppo tardi. Stammi a sentire, pezzo di farabutto, e apri bene le orecchie. Mia moglie è convinta che non faresti mai del male ai nostri figli. E si dà il caso che io le creda. Ma lei stamattina ti ha visto al lago, e quindi devi per forza sapere qualcosa. Non serve che tu continui a tirarla per le lunghe negando di essere stato a casa nostra. Riusciremo a provare che menti. Ma se ci dici la verità e noi riusciamo a riavere i bambini, nessuno ti accuserà di averli rapiti. E il signor Knowles, che è uno degli avvocati più in gamba del paese, si incaricherà di difenderti e ti farà scontare la condanna più mite possibile per diserzione. È un uomo influente, molto influente... Allora, bellimbusto, che cosa ne dici? Accetti la proposta?» Le vene pulsavano sulla fronte di Ray. Si sporse ancora più avanti, con gli occhi a un palmo da quelli di Rob. «In caso contrario, invece, se sai qualcosa e io scopro che avresti potuto aiutarci a trovare i bambini e non l'hai fatto... in qualunque galera ti scaraventino, sappi che ti troverò e ti ammazzerò. Ricordatelo bene, lurido bastardo.»

«Ray.» Jonathan lo tirò indietro con energia.

Rob fissò un viso dopo l'altro: il capo della polizia, il medico, Ray Eldredge, e quel Knowles, l'avvocato. Se ammetteva di essere stato a casa Eldredge... ma a che cosa gli sarebbe servito continuare a negarlo? C'era un testimone. L'istinto gli suggerì di accettare la proposta. Rob sapeva quando non aveva più carte da giocare. Se non altro, accettando, gli avrebbero mitigato la pena per diserzione.

Si strinse nelle spalle e guardò Jonathan. «Lei mi difenderà davvero?»

«Sì.»

«Non voglio essere accusato di rapimento.»

«Nessuno intende farlo», asserì Jonathan. «Noi vogliamo solo la verità: la verità pura e semplice, quella che sai tu. Ma se non ti decidi a dirla, non potremo far niente per te.»

Rob si appoggiò allo schienale della sedia. Evitò di guardare Ray. «Okay», disse. «Ecco com'è cominciata. Un mio amico, su in Canada...»

Lo ascoltarono senza perdere una sillaba. Solo di tanto in tanto Coffin e Jonathan lo interruppero per fargli qualche domanda. Quando arrivò il momento di ammettere che intendeva chiedere del denaro a Nancy, Rob scelse le parole con cura. «Vedete, io non ho mai nemmeno pensato che Nancy potesse aver torto un capello ai bambini Harmon. Non era il tipo. Ma mi avevano detto che correvo il rischio di essere accusato di aver rapito quei bambini e quindi mi conveniva tenere per me le mie opinioni e limitarmi a rispondere alle domande. Certo mi era spiaciuto per lei... Secondo me era solo una bambina spaventata a morte, coinvolta in uno sporco affare.»

«Uno sporco affare di cui tu sei direttamente responsabile», disse Ray.

«Zitto, Ray», intervenne Coffin. «Passiamo a stamattina, ordinò a Rob. «A che ora sei arrivato a casa Eldredge?»

«Un paio di minuti prima delle dieci», rispose Rob. «Guidavo piano, perché stavo cercando il viottolo non asfaltato che il mio amico mi aveva disegnato sulla piantina. E poi mi sono accorto di averlo già passato.»

«E come hai fatto ad accorgertene?»

«Be', per via dell'altra macchina... avevo rallentato per lasciarla passare. Dopo mi sono reso conto che era uscita proprio da quel viottolo, e così sono tornato a marcia indietro.»

«L'altra macchina?» ripeté Ray. Balzò in piedi. «Quale altra macchina?»

La porta della stanza si spalancò. Il sergente entrò trafelato. «Capo, forse è meglio che lei parli con i Wiggins e con l'altra coppia. Ho l'impressione che abbiano qualcosa di importante da dirle.»

30

Finalmente Nancy riuscì a rimettersi in piedi, e a lavarsi la bocca e il viso. Non voleva che si accorgessero che era stata male. Non doveva dire niente a nessuno. L'avrebbero presa per pazza. Non le avrebbero creduto e non avrebbero capito. E invece anche l'incredibile era possibile... I bambini. Oddio, un'altra volta. No, non doveva succedere come l'altra volta. No, per favore. Un'altra volta, no.

Corse in camera da letto, tolse dal cassetto la biancheria intima e dall'armadio un paio di pantaloni e un maglione di lana pesante. Doveva andare al posto di polizia. Doveva vedere Rob, dirgli quello che pensava, chiedergli la verità. Che importanza aveva se la prendevano per pazza?

Si vestì, fulminea, infilò un paio di scarpe da tennis, annodò le stringhe con le dita tremanti e si precipitò al piano di sotto. Dorothy l'aspettava in sala da pranzo. Sulla tavola c'erano dei sandwich e una teiera.

«Nancy, siediti, cerca di mangiare qualcosa...»

Nancy la interruppe. «Devo vedere Rob Legler. Ho qualcosa da chiedergli.» Serrò i denti, sentendo nella propria voce un urlo isterico; non doveva lasciarsi prendere dall'isterismo. Si rivolse a Bernie Mills, in piedi sulla soglia della cucina.

«Per favore, chiami la Centrale», lo pregò. «Dica al comandante Coffin che voglio subito andare da lui, che si tratta dei bambini.»

«Nancy!» Dorothy le afferrò un braccio. «Che cosa stai dicendo?»

«Che devo vedere Rob. Dorothy, chiama la Centrale. No, faccio da me.»

Nancy corse al telefono. Stava per alzare la cornetta quando il telefono squillò. Bernie Mills si precipitò a rispondere, ma Nancy lo precedette.

«Pronto?» disse svelta e impaziente.

E poi sentì la voce, così bassa che pareva un sussurro. Riusciva a malapena a distinguere le parole. «Mamma, mamma. Per piacere, vieni a prenderci. Aiutaci, mamma. Missy sta male. Vieni a prenderci...»

«Michael!... Michael!» urlò. «Michael, dove siete? Dimmi dove siete!»

«Siamo a...» Poi la voce si spense e la linea cadde.

Nancy, freneticamente, si gettò sui pulsanti dell'apparecchio. «Centralino», gridò, «non togliete la comunicazione. Centralino...» Ma era troppo tardi. Un attimo dopo, il monotono segnale acustico tornava a gemere al suo orecchio.

«Nancy, cosa c'è? Chi era al telefono?» Dorothy le era andata accanto.

«Era Michael. Michael! Ha detto che Missy sta male.» Nancy lesse la perplessità sul viso di Dorothy. «In nome di Dio, ma non capisci? Era Michael!»

Freneticamente tornò a premere i pulsanti, poi chiamò il centralino, e interrompendo i convenevoli della centralinista disse: «Mi può dire da dove veniva una telefonata che ho appena ricevuto? Posso sapere chi c'era all'apparecchio?»

«Mi dispiace, signora. Non possiamo aiutarla. Abbiamo già un sacco di difficoltà: quasi tutti i telefoni sono bloccati per colpa della tempesta. Di cosa si tratta?»

«Devo sapere da dove veniva quella chiamata. Devo saperlo.»

«Non è possibile localizzare una telefonata dopo che la comunicazione è stata interrotta, signora.»

Nancy, con le membra intorpidite, riagganciò.

«Qualcuno deve avere interrotto», gemette. «La persona che ha i bambini.»

«Nancy, ma ne sei proprio sicura?»

«Signora Eldredge, lei è molto agitata e sconvolta.» Bernie Mills cercò di suonare convincente.

Nancy lo ignorò. «Dorothy... Michael ha detto: 'Siamo a...' Lui sa dove si trovano. Non possono essere distanti. Lo capisci, sì o no? E Missy sta male, l'ha detto lui.»

Da lontano, sentiva riaffiorare altre parole, analoghe: «Lisa sta male... ha qualcosa che non va». Era stata lei a dirlo a Carl, tanto tempo prima.

«Che numero ha la Centrale di polizia?» chiese Nancy a Bernie Mills. Intanto lottava per vincere la debolezza che l'assaliva a ondate, come nuvole di nebbia che le oscuravano la mente. Sarebbe stato così facile lasciarsi andare, scivolare lontano da tutto. Ma in quel momento Michael e Missy erano con qualcuno, qualcuno che voleva far loro del male... magari ripetere quello che era accaduto l'altra volta. No, no... doveva trovarli, non poteva sentirsi male... Doveva assolutamente trovarli.

Si aggrappò al bordo del tavolo per sorreggersi. E, con calma, disse: «Pensate pure che sia un'isterica, ma io so che quella era la voce di mio figlio. Che numero ha la Centrale di polizia?»

«KL 53800», rispose Bernie riluttante. È proprio impazzita, pensò. E il capo gli avrebbe dato una strigliata perché non aveva risposto personalmente al telefono. Quella si sognava che fosse il bambino... però poteva essere stato chiunque, magari un maniaco.

Dopo un unico squillo, rispose una voce sbrigativa. «Centrale di polizia di Adams Port, parla il sergente...» Nancy lo interruppe. «Il comandante Coffin...» cominciò a dire, ma si accorse che stava parlando a vuoto. Fuori di sé, si accanì sui pulsanti. «Muto!» esclamò. «Il telefono è muto.»

Bernie Mills le tolse di mano la cornetta. «Sì, è proprio muto. Non c'è da meravigliarsi. Probabilmente metà dei telefoni si saranno guastati. Capita, quando c'è tempesta.»

«Mi porti alla Centrale. No, vada lei, il telefono potrebbe rimettersi a funzionare e magari Michael richiamerà. Per piacere, vada alla Centrale, o c'è qualcuno là fuori da mandare?»

«Non credo. Anche la radiomobile si è trasferita alla Centrale.»

«Allora vada lei. Noi rimarremo qui. Dica loro che Michael ha telefonato. Dica che portino qui Rob Legler. Noi aspettiamo.»

«Non posso lasciarvi sole.»

«Nancy, sei proprio sicura che fosse Michael?»

«Sicurissima. Dorothy, ti prego, credimi. Sono sicura. Era Michael. Era lui. Agente, la prego. Quanto ci vuole per arrivare in macchina alla Centrale?... Cinque minuti. In dieci sarà di ritorno. Ma faccia in modo che portino qui Rob Legler, per favore.»

Bernie Mills valutò attentamente la situazione. Il capo gli aveva detto di non muoversi di lì. Ma con il telefono guasto non potevano arrivare chiamate. Se avesse portato Nancy alla Centrale, il capo si sarebbe potuto scocciare. Per andare e tornare occorrevano dieci minuti; e se fosse stato veramente il bambino e lui non l'avesse riferito?

Pensò di chiedere a Dorothy di andare lei al posto di polizia, ma scartò subito l'idea. Le strade erano ghiacciate e, sconvolta com'era, sarebbe finita sicuramente contro un albero.

«Vado», decise. «Voi non muovetevi di qui.»

E, senza prendere il cappotto, corse alla macchina della polizia ferma davanti alla porta di servizio.

Nancy disse: «Dorothy, Michael sapeva dove si trovava. Ha detto: 'Siamo a...' Tu cosa pensi? Quando ci si trova su una strada si dice: 'Siamo sulla Route 6A' oppure: 'Siamo sulla spiaggia', oppure: 'Siamo su una barca...' Solo quando si è in una casa, in un edificio si dice: 'Siamo a casa di zia Dorothy', oppure: 'Siamo all'ufficio di papà'. Mi capisci? Oh, Dorothy, ci deve pur essere un modo di saperlo. Mi sto spremendo il cervello. Deve esserci qualche sistema per sapere dove sono. E ha detto che Missy sta male. In effetti, stamattina sono stata molto incerta se lasciarla uscire in giardino. Ci ho pensato, sai? Ho pensato e ripensato, se faceva troppo freddo, se c'era troppo vento. Ma detesto l'idea di crederli malati, e di coccolarli e soffocarli per questo: ora so anche perché. Perché Carl aveva quel modo di guardarli dappertutto... loro e me. Lui sì che era malato. Adesso ne sono sicura. Per questo ho lasciato uscire in giardino Missy anche se era umido e troppo freddo per lei. Ma mi sono detta: solo mezz'ora, non di più. Per questo, capisci. Le ho infilato i suoi guantini rossi, quelli con la faccina sorridente ricamata sopra, e le ho raccomandato di tenerli perché faceva freddo. Ricordo di aver notato che, stranamente, aveva i due guantini uguali. Uno è rimasto sull'altalena. Oddio, Dorothy, se non li avessi lasciati uscire! Se li avessi tenuti in casa con la scusa che lei non stava bene... Ma non volevo pensarci... Dorothy!»

Nancy si voltò di scatto, sentendo l'urlo strozzato di Dorothy: il suo viso era improvvisamente sconvolto. «Che cosa hai detto?» chiese a Nancy. «Che cosa hai detto dei guantini?»

«Non lo so. Forse che ne ha perso uno, o che erano tutti e due uguali. Dorothy, cosa c'è? Che cosa sai?»

Dorothy, con un singhiozzo, si nascose il viso tra le mani. «So dove sono. Dio mio, io lo so... come ho potuto essere tanto stupida! Nancy, che cosa ho fatto! Che cosa ho fatto!» Frugò nella tasca e tolse il guantino. «Era là, oggi pomeriggio, sul pavimento del garage, e io ho pensato che fosse in macchina e di averlo fatto cadere mentre scendevo. E quell'uomo orribile... ho avuto la sensazione che qualcosa non andasse in lui, aveva un odore acre addosso, di malvagità... e quel barattolo di talco. Oh, Dio mio!»

Nancy le strappò di mano il guantino. «Dorothy, ti prego, aiutami. Dove l'hai trovato?»

Dorothy si piegò su se stessa. «All'Osservatorio quando vi ho accompagnato un cliente, oggi pomeriggio.»

«L'Osservatorio... Ci abita quel Parrish. Devo averlo visto solo da lontano. Oh, no!» In un attimo di completa, agghiacciante lucidità, Nancy vide la verità e capì che forse era troppo tardi. «Dorothy, io vado all'Osservatorio. Subito... i bambini sono lassù. Forse... forse arriverò in tempo. Tu corri da Ray, alla Centrale di polizia. Di' loro di raggiungermi. È possibile entrare in quella casa?»

Dorothy smise di tremare. La sua voce divenne calma quanto quella di Nancy. Più tardi... più tardi, per tutto il resto della vita forse avrebbe avuto il tempo per recriminare su se stessa, ma non ora. «La porta della cucina ha un catenaccio interno. Se l'ha tirato, da lì non puoi entrare. Ma c'è la porta principale, quella sulla baia, lui non la usa. Non gli ho nemmeno dato la chiave. È questa, apre tutt'e due le serrature.» Tolse dalla borsa un mazzo di chiavi. «Eccola.»

Non discusse la decisione di Nancy di andare da sola all'Osservatorio. Si precipitarono entrambe fuori dalla porta della cucina verso le rispettive auto. Dorothy lasciò partire Nancy per prima. Trattenne il respiro vedendo la sua macchina sbandare, slittare e poi, finalmente, rimettersi in carreggiata.

Non ci vedeva. Il nevischio aveva formato ma spessa crosta di ghiaccio sul parabrezza. Nancy abbassò il finestrino e, sporgendo la testa, con gli occhi socchiusi per ripararli dal nevischio, lanciò la macchina giù per la strada, attraversò l'incrocio con la Route 6A e imboccò la scorciatoia per l'Osservatorio.

Alla prima curva sulla collina l'auto cominciò a slittare. Nancy premette l'acceleratore e le ruote anteriori girarono a vuoto, mentre la macchina sbandava sul terreno ghiacciato. Frenò. L'auto girò su se stessa e lei non riuscì a controllarla. Davanti, c'era un albero. Con uno strattone fece compiere mezzo giro al volante. Il muso dell'auto si piegò a destra ma finì contro l'albero con uno schianto di lamiere.

Nancy fu sbalzata in avanti, poi indietro. Aprì la portiera e uscì sotto il nevischio, mentre le ruote anteriori giravano ancora. Non aveva cappotto, e non faceva caso al nevischio che le inzuppava pantaloni e pullover, tutta tesa nello sforzo di arrancare su per la collina.

Scivolò sul vialetto d'accesso e cadde. Senza badare al violento dolore al ginocchio, corse verso la casa. *Dio, fai che non sia troppo tardi. Ti prego, fai che non sia troppo tardi.* Come attraverso una cortina di nebbia, rivide se stessa fissare Lisa e Peter, i loro visi pallidissimi, gonfiati dall'acqua... e quei pezzi di plastica ancora appiccicati sopra. Ti prego, supplicò. Ti prego!

Arrivata alla casa, le girò attorno appoggiandosi alle assi di rivestimento, diretta alla porta principale. La chiave era bagnata e gelida. La strinse forte nella mano. Solo l'ultimo piano era illuminato: aveva visto della luce filtrare dalle imposte. Sentiva le onde frangersi violente contro le rocce della baia. Non c'era spiaggia, solo scogli. La spiaggia era più avanti, a sinistra.

Non aveva mai notato che la casa fosse tanto alta. Probabilmente dalle finestre sul retro si vedeva tutta la città.

Faticava a respirare: dalla gola le uscivano dei lunghi singhiozzi, simili a rantoli. Nancy sentiva il cuore batterle in petto. Non riusciva a riprendere fiato dopo quella corsa sotto il vento gelido. Con le dita intirizzite mise la chiave nella toppa. *Fai che giri, ti prego, Fai che giri.* La serratura arrugginita faceva resistenza ma, finalmente, cedette, e Nancy aprì la porta.

La casa era buia. Terribilmente buia. Non vedeva niente. C'era solo odore di muffa e silenzio. La luce veniva proprio dall'appartamento all'ultimo piano. Doveva trovare le scale. Soffocò l'impulso di urlare il nome di Michael.

Dorothy aveva parlato di una scala nell'ingresso, oltre il salotto che dava sulla facciata. Eccolo, il salotto. Nancy avanzò cauta; camminava con le braccia tese in avanti nell'oscurità nera come pece. Non doveva far rumore, non doveva insospettirlo. Inciampò, cadde in avanti ma riuscì a rimanere in piedi aggrappandosi a qualcosa, il bracciolo di un divano, o di una poltrona. Lo aggirò, a tastoni, cercando un passaggio. Se solo avesse avuto dei fiammiferi. Tese le orecchie: aveva sentito qualcosa. Un grido? O era solo il vento che ululava nel camino.

Doveva salire al piano superiore. Doveva trovarli. E se non fossero stati lassù? Se lei fosse arrivata troppo tardi? E se fosse finita come l'altra volta?... con quei visini così immobili, così contorti... Avevano tanta fiducia in lei. Lisa le si era stretta addosso, quella mattina. «Papà mi ha fatto male», le aveva detto, niente altro. Nancy credeva che Carl l'avesse sculacciata perché aveva bagnato il letto, maledicendo quella stanchezza che le impediva di alzarsi. Non aveva osato dir niente a Carl... Ma poi, rifacendo il letto, aveva scoperto che non era bagnato: Lisa non aveva colpe, quindi. Avrebbe dovuto dirlo al processo, ma non ci era riuscita. Non poteva pensare, era troppo stanca... e poi non aveva importanza, ormai.

Le scale, un corrimano, tre rampe di scale... Camminava di lato, adagio. Poi Nancy si chinò per togliersi le scarpe. Erano talmente zuppe che, camminando, l'acqua usciva e si potevano sentire i passi. L'importante è non far rumore, pensava, e salire... Questa volta non deve essere troppo tardi. L'altra volta era stato troppo tardi. Non avrebbe dovuto lasciare i bambini soli in macchina. Avrebbe dovuto saperlo...

Un gradino scricchiolò sotto i suoi piedi. *Non bisogna spaventarlo. L'altra volta si era fatto prendere dal panico... Forse la telefonata di Michael l'aveva terrorizzato... L'altra volta avevano detto che i bambini erano stati buttati in mare già morti. Ma Michael era ancora vivo pochi minuti prima, venti minuti... e credeva che Missy stesse male. Doveva trovarla...* La prima rampa di scale. *Su quel piano ci sono le camere da letto, ma nessuna luce, nessun suono.* Altre due rampe per arrivare di sopra... anche lì nessun rumore.

In fondo all'ultima rampa, Nancy si fermò a prendere fiato. La porta in cima alle scale era aperta. Vide un'ombra sulla parete, proiettata da un pallido raggio di luce. E poi udì una voce, la voce di Michael... «Non farlo, non farlo!»

Corse su per le scale alla cieca, fuori di sé. Michael! Missy! Correva senza più curarsi di non fare rumore, ma le calze pesanti attutivano i suoi passi, mentre la mano scivolava silenziosa lungo la ringhiera. Arrivata in cima alle scale ebbe un attimo d'esitazione. La luce veniva dall'anticamera. Senza far rumore attraversò svelta una stanza, probabilmente il soggiorno, buio e tranquillo, e si diresse verso la camera da letto, verso la figura massiccia che le voltava le spalle mentre stringeva con una mano un corpicino che si divincolava sul letto. L'uomo ridacchiava tra sé, e con l'altra mano infilava un sacchetto di plastica lucida sulla piccola testa bionda.

Nancy intravide uno sguardo di terrore, i capelli biondi arruffati sulla fronte di Michael, la plastica che si appiccicava al suo naso e ai suoi occhi azzurri e, senza neanche pensare, urlò: «Lascialo, Carl...» Seppe di aver pronunciato quel nome solo quando lo sentì uscire dalle proprie labbra.

L'uomo si girò di colpo. Nancy vide, nascosti in un ammasso di carne, i suoi occhi lampeggiare. E vide la plastica tendersi, Missy distesa scompostamente sul letto, con accanto la giacca a vento, ridotta a un mucchietto rosso.

Lo stupore negli occhi di lui si trasformò in odio: «Tu». E riconobbe subito quella voce, la voce che da più di sette anni Nancy cercava di togliersi dalle orecchie. Ora avanzava minaccioso verso di lei. Doveva aggirarlo. Michael non ce la faceva più a respirare.

Lui le balzò addosso. Cercò di respingerlo, ma la stringeva alla vita. Caddero assieme, con un tonfo pesante, e sentì il gomito di lui affondare nel suo fianco. Il dolore la accecava, ma la stretta si allentò impercettibilmente. Ora aveva proprio il suo viso sopra: bianco, grasso, i lineamenti gonfi e appesantiti, ma quell'odore acre, umido... era lo stesso di sempre.

Alla cieca raccolse tutte le forze e gli morse una guancia. Lui urlò di rabbia, sferrandole un calcio, ma mollò la presa e lei riuscì a risollevarsi in piedi. Sapeva che avrebbe cercato di nuovo di afferrarla, di metterle le mani addosso, e per prima cosa si gettò sul letto e lacerò con le unghie la plastica che, incollata al viso di Michael, lo stava soffocando. Il bambino era cianotico e i suoi occhi cominciavano a sporgere dalle orbite. Ma mentre rotolava su se stessa sotto un nuovo attacco di Carl, fece in tempo a sentirlo respirare, a fatica. Poi Carl la strinse tra le braccia, soffocandola con il calore nauseabondo del suo corpo.

Oddio. Respinse quel viso puntandogli contro le mani, ma sì sentì piegare all'indietro. Mentre tentava di divincolarsi si accorse che il piedino di Missy era sotto di lei, e si muoveva. Si muoveva. Missy era viva. Ne era sicura, lo sentiva.

Si mise a urlare. Un urlo acuto, disperato, d'aiuto. La mano di Carl le coprì la bocca e il naso, e invano lei tentò di mordere quel palmo che le bloccava l'aria facendole scendere sugli occhi ombre nere.

Stava per perdere conoscenza quando, all'improvviso, la mano allentò la pressione, Nancy inspirò l'aria con un rumore forte, quasi un gorgoglio. Qualcuno la chiamava per nome! Ray! Era Ray! Cercò di chiamarlo a sua volta, ma non le fu possibile emettere alcun suono.

Puntellandosi a fatica su un gomito scrollò la testa. «Mamma, mamma, sta portando via Missy!» supplicava Michael e la scuoteva con la mano.

Riuscì a mettersi a sedere proprio mentre Carl balzava sulla preda. Il suo braccio le sfrecciò accanto per afferrare la piccola che cominciava a dimenarsi e a piangere.

«Mettila giù, Carl. Non toccarla.» La sua voce era diventata rauca. Lui le lanciò un'occhiata feroce e si voltò per correre via barcollando e stringendo Missy a sé. Lo sentì sbattere contro i mobili della stanza accanto immersa nel buio e subito si lanciò al suo inseguimento sulle gambe malferme, cercando disperatamente di vincere l'intontimento. I suoi passi la precedevano sulle scale, pesanti, rapidi, in salita. Tese le orecchie, disperata, cercando di tenere dietro a Carl. Lo sentì attraversare di corsa il pianerottolo, poi vide la sua immagine riflessa nel vetro di una finestra. Saliva la scala per andare in solaio. Lo seguì, lo raggiunse, cercò di afferrarlo alle gambe. Il solaio pareva una caverna, con l'odore di muffa e il soffitto a travi bassissimo. Ed era buio, talmente buio che non perderlo di vista era un problema.

«Aiuto!» urlò. «Aiuto!» Se non altro, le era tornata la voce. «Di sopra, Ray! Quassù!» Seguì alla cieca il rumore dei passi di Carl. Ma dov'era? La scala a pioli: stava salendo sulla fragile scala traballante che dal solaio portava sul tetto. La terrazza, ecco dove andava. Pensò allo stretto balcone che girava pericolosamente attorno al camino fra le torrette.

«Carl, non andare lassù. È troppo rischioso. Carl, torna indietro, torna indietro!»

Lo sentiva ansare con un suono acuto che stava tra il singhiozzo e la risatina. Cercò di afferrargli i piedi, salendo anche lei sulla scaletta, ma lui scalciava violentemente. La suola pesante di una scarpa la colpì alla fronte, e la fece indietreggiare. Si arrampicò di nuovo, senza curarsi del sangue caldo che le colava dalla ferita sul viso, e urlò: «Carl, ridammela. Carl, fermati».

Ma lui era arrivato in cima alla scala e stava sollevando la ribalta che dava sul tetto. Il nevischio entrava dall'apertura.

«Carl, non riuscirai a fuggire», gli disse supplicandolo. «Carl, io ti aiuterò. Sei malato. Lo dirò, che sei malato.

Il vento investì la ribalta spalancandola con un tonfo. Missy ora gridava – un urlo lacerante, terrorizzato: «Mammaaaa!»

Carl si gettò di peso sul balcone. Nancy arrancò dietro di lui, aggrappandosi allo stipite della ribalta. Il balcone era strettissimo: tra la ringhiera e il camino c'era a malapena lo spazio per una persona.

Nancy, come pazza, lo afferrò per gli abiti tentando di tirarlo indietro dalla bassa ringhiera. Se fosse caduto o avesse lasciato cadere Missy... «Carl! Basta, basta!»

Bagnato e colpito in pieno dal nevischio, lui si voltò e cercò di allontanarla un'altra volta con un calcio, ma barcollò all'indietro, tenendo sempre stretta a sé Missy. Riuscì a rimettersi in equilibrio appoggiandosi al parapetto. Ora la risatina era diventata un singhiozzo profondo, continuo.

Il terrazzo era coperto da una spessa crosta di ghiaccio. Mise Missy a sedere sulla ringhiera, e la tenne con una mano. «Non ti avvicinare, bambina», sbraitò a Nancy. «Altrimenti la faccio cadere. Di' a quelli che mi lascino andare. Di' che non mi tocchino.»

«Carl, io ti aiuterò. Dammi la bambina.»

«Tu non mi aiuterai affatto. Tu vuoi che mi prendano e mi facciano del male.» E si mise a cavalcioni della ringhiera.

«Carl. No, Carl, tu odi l'acqua. Non sopporti di sentirtela sul viso. Lo sai. Ecco perché avrei dovuto capire che non potevi esserti suicidato in quel modo. Non ti saresti mai affogato in mare. Lo sai anche tu, Carl.» Era riuscita a parlare con calma, convinta, decisa. Fece un passo in avanti. Missy le tendeva le braccia, implorante.

E poi sentì uno scricchiolio, il rumore di qualcosa che si stava rompendo. La ringhiera! Davanti ai suoi occhi i paletti di legno cedevano sotto il peso di Carl. Carl rovesciò la testa all'indietro, tendendo in avanti le braccia.

E mentre lasciava Missy, Nancy si gettò ad afferrare la sua bambina. Le dita agguantarono i lunghi capelli di Missy, la strinsero, e la tennero ferma. Nancy era in bilico sul bordo della terrazza, mentre il parapetto crollava. E Carl, che ormai cadeva nel vuoto, le afferrò una gamba.

Ma quando stava per essere trascinata giù in basso anche lei, delle braccia forti da dietro la presero per la vita, e la trattennero. Una mano decisa premette la testa di Missy contro il suo collo, tirandole indietro tutt'e due. E lei svenne tra le braccia di Ray mentre Carl, con un ultimo grido disperato, scivolava lungo la pendenza del tetto ghiacciato, giù tra le onde furiose sopra le rocce.

31

Il fuoco lambiva i grossi ceppi. E il caldo odore di legna bruciata permeava la stanza, mescolandosi all'aroma del caffè appena fatto. I Wiggins erano passati a prendere dal negozio della carne fredda e del formaggio e assieme a Dorothy avevano preparato la cena. Ray e Nancy erano andati all'ospedale con i bambini.

Poi, rientrando, Nancy aveva insistito perché si offrisse qualcosa ai giornalisti e ai tecnici della televisione, e Jonathan aveva messo a loro disposizione la sua casa. Dopo aver filmato il ritorno di Nancy e di Ray con i bambini in braccio, i giornalisti li avevano avvisati che, l'indomani, sarebbero tornati per un'intervista.

«Per il momento», aveva detto Ray ai microfoni, «desideriamo ringraziare tutti coloro che hanno pregato per la salvezza dei nostri figli.»

C'erano anche i Keeney, desiderosi di prendere parte alla gioia generale. Avevano temuto di essersi mossi troppo tardi con le loro informazioni, e ora erano convinti che solo alle preghiere andava il merito del ritrovamento dei bambini. Siamo troppo ingenui con il prossimo, troppo superficiali, pensava Ellen. Al pensiero che il suo Neil avesse parlato con quel pazzo rabbrividì. E se quel giorno lui l'avesse invitato a salire sulla sua auto?...

Nancy era seduta sul divano, e stringeva tra le braccia Missy addormentata. Missy, che odorava di Vicks, aveva bevuto del latte caldo e preso un'aspirina, ora teneva accostata alla guancia la sua copertina a brandelli, la sua «passione», come diceva lei, e nascondeva il viso in grembo alla madre.

Michael stava rispondendo alle domande gentili di Lendon; raccontava tutto con precisione, riflettendo prima di parlare. La sua voce, all'inizio nervosa e concitata, adesso era più calma, persino un po' spavalda: «...ma io non volevo andarmene da quella casa senza Missy, anche se quel bravo signore, prima di mettersi a lottare con quell'altro, mi aveva gridato di correre a chiedere aiuto. E così sono salito da Missy e ho telefonato alla mamma. Ma poi il telefono si è guastato. Ho tentato di portare Missy giù per le scale, ma è arrivato quell'uomo cattivo...»

Le braccia di Ray lo tenevano stretto. «Bravo, Mike. Sei un vero uomo.» Ray non poteva staccare gli occhi da Nancy e da Missy. Nancy era pallidissima e piena di lividi, ma talmente bella e serena che lui si sentiva un groppo in gola e, per quanto continuasse a deglutire, non riusciva a liberarsene.

Il comandante Coffin depose la sua tazza di caffè e rilesse la dichiarazione che stava per rilasciare alla stampa. «Il professor Carl Harmon, alias Courtney Parrish, è stato riportato a riva ancora vivo. Prima di morire ha confessato di essere l'unico responsabile della morte dei suoi figli, Peter e Lisa, deceduti sette anni fa. Ha ammesso anche di aver causato la morte della madre di Nancy Eldredge. Si era reso conto che la signora avrebbe impedito alla figlia di sposarlo, e quindi sabotò lo sterzo della sua auto mentre lei e la ragazza erano al ristorante. Il signor John Kragopoulos, aggredito oggi dal professor Harmon, è ricoverato al Cape Cod Hospital. È sulla lista dei malati gravi per commozione cerebrale, ma si salverà. I piccoli Eldredge sono stati sottoposti a una visita medica che ha escluso qualsiasi forma di violenza carnale. Il bambino, Michael, ha riportato solo un'escoriazione a una guancia, dovuta a una violenta percossa.»

Il capo della polizia era letteralmente a pezzi. Appena rilasciata la dichiarazione, se ne sarebbe tornato a casa. Delia lo stava senz'altro aspettando, ansiosa di conoscere tutti i particolari.

Ecco, si disse, quella sì era stata una giornata di soddisfazione per la polizia. Il loro, in genere, era un mestiere così pesante e doloroso. A volte erano costretti a comunicare a dei genitori che i loro figli erano morti. E quindi momenti come quello in cui, lassù all'Osservatorio, avevano ritrovato i bambini sani e salvi, davano una gran gioia.

Jed si disse anche che, l'indomani, si sarebbe fatto un accurato esame di coscienza. Quel mattino aveva deciso che Nancy fosse colpevole solo perché non sopportava di non aver scoperto prima la sua identità. E, partendo da quel pregiudizio, non era stato obiettivo, non aveva voluto dar retta alle parole di Jonathan, di Ray, del medico e persino della stessa Nancy. Ma, se non altro, era stato lui a condurre Ray in auto fino all'Osservatorio, consentendogli di arrivare sul tetto una frazione di secondo prima che accadesse la tragedia. Nessuno sarebbe riuscito a salire su per la collina alla stessa velocità. E quando avevano visto la macchina di Nancy schiantata contro l'albero, Ray gli aveva detto di fermarsi, ma Jed aveva proseguito. Il suo istinto gli diceva che Nancy era già in quella casa. E non si era sbagliato. Su questo, l'indomani, avrebbe basato la sua autodifesa.

Dorothy, a un cenno affermativo di Lendon, riempì di nuovo la tazza di caffè del dottore. Michael non avrebbe riportato traumi, pensò Lendon. E lui sarebbe tornato presto a trovarli. Avrebbe parlato con i bambini e con Nancy, e l'avrebbe aiutata a mettere definitivamente a fuoco il passato e a superarlo. Nancy non aveva bisogno di grande aiuto. Era un vero miracolo che fosse riuscita a resistere all'orrore di tutti quegli avvenimenti. Ma era una donna forte, e avrebbe superato anche quell'ultima prova capitale, pronta a guardare con entusiasmo alla vita.

Lendon si sentiva in pace. Aveva rimediato alla negligenza di tanto tempo prima. Certo, se fosse andato da Nancy subito dopo la morte di Priscilla, molte cose non sarebbero accadute. Avrebbe capito che qualcosa non andava in Carl Harmon e, in un modo o nell'altro, sarebbe, riuscito a staccarla da lui. Però, in questo caso, ora non sarebbe stata con quel bravo ragazzo di suo marito; e non avrebbe tenuto tra le braccia quei bei bambini.

Lendon, a quel punto, sentì un forte desiderio di tornare a casa da Allison.

«Caffè?» ripeté Jonathan alla domanda di Dorothy.

«Sì, grazie. Di solito non ne bevo a quest'ora, ma credo proprio che stasera non avremo problemi ad addormentarci.» Osservò attentamente Dorothy. «Come si sente? Ha l'aria molto stanca.»

Vide un'ombra di indefinibile tristezza passarle sul viso e ne intuì la ragione. «Mi sento in dovere di dirle», aggiunse, «che se sta accusandosi di qualcosa, sbaglia. Tutti noi, oggi, abbiamo preso alla leggera certi elementi che potevano portare alla tragedia. Io per primo, che ogni mattina, passando sotto quella casa, mi irritavo per un bagliore che mi colpiva agli occhi. Proprio stamane avevo deciso di dirlo a Ray, perché chiedesse all'affittuario dell'Osservatorio che cosa diavolo aveva messo alle finestre. Con la mia esperienza di avvocato, non avrei dovuto trascurare quel particolare. E saremmo arrivati subito all'Osservatorio.

«Su un fatto, poi, non c'è dubbio: se lei non avesse deciso di mantenere lo stesso l'appuntamento e non avesse condotto il signor Kragopoulos a visitare la casa, il piano criminoso di Carl Harmon sarebbe andato a segno. Nulla lo avrebbe distolto dalle sue attenzioni verso Missy. Abbiamo appena sentito dalle parole di Michael quello che stava succedendo prima della sua telefonata.»

Dorothy lo ascoltò, rifletté e, in tutta onestà, dovette convenire che aveva ragione. Il rimorso e il senso di colpa da cui era oppressa svanirono: si sentì improvvisamente sollevata, felice e pronta a condividere la gioia generale. «Grazie, Jonathan», sussurrò. «Avevo bisogno di sentirmelo dire.»

Senza rendersene conto si aggrappò al suo braccio. E

lui, ben sensibile a quel gesto, le posò una mano sulla sua. «Le strade sono ancora pericolose», asserì. «Quando vorrà andare a casa, l'accompagnerò io. Mi sentirò più tranquillo.»

È finita, pensò Nancy. È finita. Strinse più forte la bambina addormentata tra le sue braccia. Missy mormorò: «Mamma», e tornò a respirare tranquilla, di un respiro leggero.

Nancy guardò Michael. Era appoggiato a Ray, che, dolcemente, lo fece sedere sulle sue ginocchia. «Sei stanco, amico mio», disse Ray. «Credo proprio che voi bambini dovreste andare a letto. È stata una giornata pesante.»

Nancy risentì la stretta di quelle braccia forti che l'avevano afferrata e sorretta, impedendo a Missy e a lei di precipitare nel vuoto. Con Ray sarebbe stato sempre così; sarebbe stata sempre al sicuro. Questa volta, aveva avuto tempo di vedere e di capire.

Dal suo intimo salì una preghiera a riempirle l'animo e la mente: *Grazie, grazie, grazie. Tu ci hai salvati.*

Si accorse che il nevischio non batteva più contro i vetri e che il vento aveva smesso di ululare tra gli alberi.

«Mamma», biascicò Michael con la voce piena di sonno. «E così non abbiamo festeggiato il tuo compleanno e io non ti ho comprato un regalo.»

«Non preoccuparti, Mike», gli disse Ray. «Festeggeremo la mamma domani, e io so che regali farle.» Come per miracolo, i segni della tensione e della stanchezza scomparvero dal suo viso, e Nancy vide che gli occhi tornavano a brillargli. Lui la guardò. «Ti dico subito di cosa si tratta, tesoro», aggiunse. «Da parte dei bambini, delle lezioni di pittura con un insegnante di prim'ordine, e da parte mia una seduta dal parrucchiere.»

Si alzò, mise Michael sulla poltrona e si avvicinò a Nancy. In piedi, accanto a lei, osservò la radice dei suoi capelli. «Ho proprio la sensazione che sarai una rossa favolosa, tesoro», le disse.

Della stessa autrice

Nella notte un grido
La culla vuota
Incubo
Non piangere più, signora
Mentre la mia piccola dorme
La Sindrome di Anastasia
Le piace la musica, le piace ballare
In giro per la città
Un giorno ti vedrò
Ricordatevi di me
Domani vincerò
Un colpo al cuore
Una notte, all'improvviso
Bella al chiaro di luna
Testimone allo specchio
Sarai solo mia
Accadde tutto in una notte
Ci incontreremo ancora
L'appuntamento mancato (con Carol Higgins Clark)
Uno sconosciuto nell'ombra
Prima di dirti addio
Sapevo tutto di lei
Ti ho guardato dormire (con Carol Higgins Clark)
La figlia prediletta
Dove sono i bambini?
Una luce nella notte
La seconda volta
Quattro volte domenica
La notte mi appartiene
Furto al Rockefeller Center (Il ladro di Natale) (con Carol Higgins Clark)
Casa dolce casa
Una crociera pericolosa (con Carol Higgins Clark)
Due bambine in blu
Ho già sentito questa canzone
Dimmi dove sei
Prendimi il cuore
Il biglietto vincente (con Carol Higgins Clark)
L'ombra del tuo sorriso
Nessuno mi crede
La lettera scomparsa
Sei tornato, papà?
La notte ritorna
Quando la musica finisce
Così immobile tra le mie braccia (con Alafair Burke)
Mentre il tempo brucia
La sposa era vestita di bianco (con Alafair Burke)
Sola sull'oceano
L'ultimo ballo
Non chiudere gli occhi (con Alafair Burke)
Le ragazze non devono parlare
Un respiro nella neve (con Alafair Burke)
Perché mi appartieni (con Alafair Burke)
Un ultimo pezzo di cuore (con Alafair Burke)

Certificato PEFC

Questo prodotto è realizzato con materia prima da foreste gestite in maniera sostenibile e da fonti controllate

PEFC/18-31-226

www.pefc.it

Sperling & Kupfer usa carta certificata PEFC
che garantisce la gestione sostenibile delle risorse forestali

GRAFICA VENETA CARBON NEUTRAL

Questo libro è fabbricato da Grafica Veneta S.p.A.
con un processo di stampa e rilegatura certificato 100% carbon neutral
in accordo con PAS 2060 BSI

Finito di stampare presso Grafica Veneta
Via Malcanton, 2 – Trebaseleghe (PD)